王女付きメイドと黒豹騎士

王女の嫁入りに同行したら獣人騎士に出会いました

さ　き

S A K I

一迅社文庫アイリス

CONTENTS

ソニア
王女付きのメイド。身寄りのない自分と兄を拾ってくれた王女を慕っている。獣人国の王の暗殺の密命を受けるが……。
クレイン
獣人の国、オルデネア国の獅子王に仕える黒豹の騎士。武芸に優れ、王に信頼されている。

王女付きメイドと黒豹騎士

王女の嫁入りに同行したら
獣人騎士に出会いました

人物紹介

コーネリア

ルノア国の第三王女。顔に傷を負い、王族でありながら不遇の扱いを受けていた。優しく穏やかな性格。

ルイ

ソニアの兄で騎士。ソニアと血は繋がっていない。ソニアと共に王女に拾われ、忠誠は王女のみに捧げている。

エドガルド

オルデネア国の国王。黄金の獅子の獣人で、コーネリアの政略結婚相手。威圧的な見た目をしているが紳士的。

バルテ

オルデネア国の補佐官。極彩色の羽を持つ鳥の獣人。お喋りで周囲に迷惑がられているが、外交には優れている。

ヘイルド

ルノア国の国王でコーネリアの父親。整った容姿の持ち主で、人の美醜に拘る。野心家で敵を作りやすい。

用語

獣人

人でも獣でもない種族。獣の姿をしているが、人のように二足歩行で生活し人語を話す。

イラストレーション◆涼河マコト

Maid serving the princess And black panther knight

王女付きメイドと黒豹騎士　王女の嫁入りに同行したら獣人騎士に出会いました

【プロローグ】

長く細い橋の先は、人ならざる獣人の国。

煌《きら》びやかで華やかな王宮の敷地内には、まるで影のように陰鬱《いんうつ》とした一角がある。

そこに建つのは、絢爛豪華《けんらんごうか》な建物とは比べものにならないほど貧相で小さな離れ。人気《ひとけ》がなく、人目にもつかず、忘れられるどころかそもそも知らぬ者がいてもおかしくない。仮に誰《だれ》かがふらりとこの離れを訪れれば、王宮の敷地内から出てしまったと勘違いしかねないほどだ。

それほどまでにその一帯だけは陰鬱としており、華やかな王宮との落差は一目瞭然《いちもくりょうぜん》。

そんな離れに、メイドのソニアは向かっていた。

両手に抱えているのは数着の衣類。小走りめに歩いているため、三つ編みにまとめた銀の髪がまるで動物の尾のようにゆらゆらと揺れる。

時折小声で呟《つぶや》くのは「誰にも会いませんように」という細《ささ》やかな願い。

だが願いもむなしく、「ねぇ見て、ソニアよ」と女性の声が聞こえてきた。

ソニアが足を止めて周囲を見回せば、王宮の建物の陰からこちらを見つめる数人のメイドの姿。近付くでも離れるでもなく、声を掛けることもなければ、かといって視線を逸《そ》らすこともしない。

注がれる視線は冷ややかで、侮蔑《ぶべつ》や嘲笑《ちょうしょう》が綯《な》い交ぜになっている。一応身を寄せあい囁《ささや》く体《てい》を装ってるが、聞こえていないとでも思っているのだろうか。

「見て、あのみすぼらしいメイド服。王宮仕えとは思えないわ」

「あの子もうまく立ち回ればいいのに。本当、兄妹揃《そろ》ってなにを考えてるんだか」

「本当よ。コーネリア様に仕えたばっかりに。私だったら割に合わないってすぐに辞めてるわ」

「でもほら、あの子って帰る場所がないじゃない」

聞こえているとは思っていないのか、もしくは聞こえていても構わないのか、それともあえて聞かせているのか。メイド達は好き勝手に陰口で盛り上がる。

ずいぶんと楽しげで、他者を哀れんで晴れやかな気分とでも言いたげだ。

そうして最後にメイドの一人が、

「いくらコーネリア様に拾われたからって、巻き添えで獣人の国に追いやられるんじゃ意味がないわよ。ほんとう、可哀想《かわいそう》よね」

そうあざ笑ったのを皮切りに、口々に「可哀想」と哀れんで去っていった。

もちろんその声に同情の色がないのは言うまでもない。

彼女達の後ろ姿をソニアはじっと見つめ、気に掛けるでもなく再び歩き出した。

「王宮仕えのプライドも忘れて、他人の嫌みに興じるなんて品がない。あんなのと同僚と思われるなんてこっちの方が心外です」

「まぁソニアってば、辛辣《しんらつ》ねぇ」

「なにがボロのメイド服よ。あの人達はちょっと汚れや解《ほつ》れがあるとすぐ主人に新品を強請《ねだ》るんです。メイドたるもの、綺麗《きれい》に繕って直す手腕を見せるものですよ」

「そうね。こっちの服はそんなに傷《いた》んでないから、ちょっと直せば着れそうね。これは……さすがに雑巾《ぞうきん》にしましょう」

先程の不満を訴えるソニアに、向かいに座る女性が話半分といった様子で穏やかに返した。

二人の座るテーブルには山のように衣服が積まれており、それを一枚広げては傷みや解れがないかを確認し、直せるか雑巾にするかを決めていく。

直せる衣服は端に寄せ、雑巾は足下の箱の中だ。

「見て、ソニア。綺麗な花柄のスカートだわ。最近はこういうのが流行《はや》っているのよね」

美しい華の刺繍《ししゅう》がされたスカートを広げ、弾んだ声色で女性が話す。

それを聞き、ソニアはなんとも言えない表情を浮かべた。手にしていた布をぎゅっと握りしめる。

こちらも美しい模様のワンピースだ。よれも汚れもなく新品同様。胸元のボタンは糸が解れて取れかけているが、この程度ならばすぐに直せる。

彼女が持っているスカートも、いまソニアが手にしているワンピースも、普通の女性ならば華やかな衣服と喜ぶ代物だ。古着ではあるものの、これほど美しいものならば気にも掛けないだろう。

そもそも古着と言えども王宮に暮らす王女達のおさがりなのだから、そこいらの店で売っている衣類より高値がつく。とりわけ、王女達はどれだけ高価な衣類であろうと一度着るとすぐに手放してしまうのだから尚《なお》のこと。これを一概に『古着』だの『おさがり』だのとは言えない。

それを手に入れ、喜ぶのは分かる。普通の女性ならば当然のことだ。

だけど……。

「あなたは古着で喜んで良い身分じゃありません。コーネリア様……」

ソニアが苦しげに呟けば、顔を隠すベールの下でコーネリアが悲痛そうに眉根《まゆね》を寄せた。

ルノア大国第三王女コーネリア。

それがソニアが仕える王女であり、この薄暗い離れの主《あるじ》だ。

本来ならば絢爛豪華な一室を設けられ、衣服も他人のお古ではなく常に特注を纏《まと》うはずの身分。間違えても狭く貧相な離れで古着を物色しているはずではない。

なのになぜ彼女がこんな扱いを受けているのかと言えば、右の目元に残る痛々しい傷跡のせいだ。

十三歳の誕生日を前に、コーネリアは身の丈よりも高い調度品が倒れるのに巻き込まれ、右の目元に大きな傷を負った。「失明しなくてよかった」と、そう誰もが上擦った声で話すのが精一杯だったほどだ。

そんなコーネリアに対し、彼女の父であるルノア国の王へイルドが放ったのはただ一言。

「醜い」

と、これだけだ。それも蔑《さげす》むように。

もとよりへイルドは人の美醜に拘《こだわ》り、とりわけ女性に対しては執着と言えるほどに麗しさを求めていた。常に若く美しい女を侍《はべ》らせ、実の娘達にも美しくあることを望んでいた。

ゆえに、コーネリアが傷を負ったことで彼女への興味をなくしたのだ。

それ以前は娘達の中でも贔屓《ひいき》にしていたというのに、事件以降は自ら声を掛けることもせず、目が合えば不快そうに眉をひそめる。

そうしてついには王宮の敷地内に離れを建て、コーネリアをそこに追いやってしまった。美醜に固執するへイルドにとって、コーネリアはもはや『娘』とは思えず、視界に収めるのも不快だったのだろう。

そうしてコーネリアは二十歳を超えた今も離れに軟禁状態で暮らし、傷跡の残る顔を他者に見られるのを恐れてベールで隠している。

彼女に仕えているのはメイドのソニアと、そしてソニアの兄である騎士のルイのみ。

たった三人、この離れで、ひっそりと隠れるように暮らしていた。

「ずっとこのままだと思っていたわ。だけど、まさか私が獣人と結婚なんて……。エドガルド様、だったかしら」

うろ覚えといった様子でコーネリアが口にする。

その声色にも、「どんな方かしら」と話す口調にも、表情にも、とうてい夫を語る情はない。

結婚相手とはいえ会ったことはなく、そもそも名前を知ったのも先日なのだから仕方あるまい。

そのうえ相手は人ではなく獣人なのだ。輿《こし》入《い》れがあと数日に迫っていても、実感が湧《わ》かないのも無理はないだろう。

「素敵な方だと良いんだけど。でも人生って何が起こるのか分からないわね」

あっさりとした口調でコーネリアが告げる。

その声色は己のことなのにどこか他人事《ひとごと》のようで、自虐に似た諦《あきら》めの色さえ感じさせる。

耐えきれず、ソニアが手元にあるスカートを握りしめた。

「こんなのあんまりです。コーネリア様がいったい何をしたと言うんですか……！」

「落ち着いてソニア。私はこの婚約に異議はないの。それがお父様とお母様の役に立つというのなら、喜んで獣人の王に嫁ぐわ」

「そんな、コーネリア様……」

「ソニアとルイがいてくれるならどこだって良い。ついてきてくれるでしょう？」

「もちろんです！　私もルイも、どこまでもコーネリア様にお仕えします！」

ソニアが力強く答えれば、コーネリアがベール越しに穏やかに微笑《ほほえ》んだ。ベールを透かしてうっすらと見える彼女の顔は麗しく、優しく、そして右の目元に残る傷跡が痛々しい。傷があろうと麗しさや気品は損なわれないが、それでもこの傷跡は彼女からすべてを奪ったのだ。

労《いたわ》る気持ちがソニアの顔に出ていたのか、それとも不安が隠しきれなかったのか、コーネリアがパンと手を叩《たた》いた。「さぁ、服の分別を続けましょう」という声は明るく、ソニアを気遣っているのが分かる。

主に気を使われてしまった……。

己の幼稚さと顔に出やすさを悔やみ、ソニアがムニムニと己の頬《ほお》を揉《も》んだ。コーネリアが悲痛な胸の内を隠して笑っているのだから、メイドが憤りを訴えてはいけない。

「輿入れの日までに、この洋服をすべて直さなくちゃいけませんね。このドレスもレースが取れかけているだけだから簡単に直せそうですよ」

「すべてとなると忙しくなるわね。でもどうせ輿入れするんだもの、数着は残して、あとは全部売り払ってしまいましょう」

「えぇ、そうですね。この真っ赤なワンピースも直して……いえ、いっそ真っ赤な雑巾にしましょうか」

豪華な雑巾として高値で売れるかもしれない、そんなことをソニアが冗談めかして話せば、コーネリアが楽しそうに笑った。


コーネリアの輿入れが決まったのは数日前。

嫁ぎ先は、オルデネア国。通称『獣人の国』。

そこでは動物が人のように二足歩行で生活し、人語を話す。人でも獣でもない彼らを人間は獣人と呼び、互いに過度な干渉はせずに暮らしていた。

コーネリアの父であるルノア国王ヘイルドが交流を図りだしたのは、ここ数年になってからだ。野心家で敵を作りやすいこの男は、おおかた近隣諸国との冷戦状態に焦りを覚えて獣人の国を味方につけようと考えたのだろう。

その方法こそ、コーネリアの嫁入りである。

「まさか獣の王があれを欲しがるとは。醜く陰気臭い娘だが、手元に残しておいてよかった」

やたらと豪華で煌びやかな謁見の間。

その上座に立ち、実の娘のことをまるで物のように話すヘイルドに、ソニアは膝《ひざ》を突き俯《うつむ》いたまま返事をせずにいた。

口を開けば罵倒《ばとう》しか出てこないからだ。いや、罵倒で済めばいいが、下手《へた》したらひっぱたきかねない。ゆえに今は聞くに徹する。

そうしてソニアが耳を塞《ふさ》ぎたいのを耐えつつ聞き続けていると、ヘイルドが「それで」と話を改めた。

ようやく本題に入った、とソニアは顔を上げた。先程までの話は脳内で綺麗さっぱり消しておく。あんな話は覚えている価値などない。

「お前を呼んだのは向こうでの仕事を命じるためだ」

「向こうで……。外交でしょうか？」

「いや、この国の領土を広げるための仕事だ」

話しながら、ヘイルドが一つの箱を取り出した。

ソニアが常々「顔だけは良い」と評していた彼の顔が徐々に歪《ゆが》んでいき、ゾワリとする陰湿さが見える。一見すると笑っているように見えるが、瞳《ひとみ》の奥は暗く淀《よど》んでいる。

どれだけ若作りしようとも隠しきれぬ目元の皺《しわ》が、笑むことによりさらに深まる。華やかな衣服、若作りした見目、隠し切れぬ老い……それらが混ざりあえず奇妙に浮き立っている。

見ていると心が凍《い》てつきそうな、これがあのコーネリアの父親かと疑いたくなる笑みだ。

「これを持っていけ」

そう告げて、ヘイルドが箱をソニアへと渡してきた。

片手で持てる小さな箱だ。餞別《せんべつ》の品……とは、この男を前にしてはとうてい思えない。

だが受け取らないわけにもいかず、警戒するように箱を受け取り、促されるまま蓋《ふた》に手を掛けた。そっと開ければ中に入っているのは……。

「ブローチ……？」

意外なものを目にし、思わずソニアが声を漏らした。

箱にしまわれていたのは、真っ赤な石を銀細工で囲んだブローチ。

石の美しさもさることながら、それを囲む銀細工もまたセンスの良さと美しさを見せている。

一級品と一目で分かる品だ。促されるまま手に取ればズシリと重い。

店で見かければ美しさに見惚《みほ》れただろう。そして値を確認するまでもなく「きっと高いに違いない」と考え素通りする。それほどの代物だ。

だからこそ、なぜそのブローチを渡されたのかが分からない。そもそも、この男がソニアに宝飾品を贈るなどあり得ないのだ。

きっと何か裏がある。そう考えてソニアがブローチに触れ……石を囲む銀細工の一か所がカチリと動いたことに眉根を寄せた。

「外れる……これは……？」

譫言《うわごと》のように呟き、ブローチの枠組みを摘《つま》む。石を囲む細工の丁度天辺《てっぺん》にあたる箇所だ。そこだけが外れ、ゆっくりと引き抜けば……。

細く鋭利な針が、真っ赤な石からまるで糸を引くかのように姿を現した。

「ヘイルド様、これは何ですか？」

「針には毒が塗ってある、不用意に触れるなよ」

「毒!?　なんでそんなものを……！」

物騒な単語に、ソニアが警戒しつつ針をブローチの中に戻す。

真っ赤な石には針を収めるための小さな穴が開いており、そこに針を戻せば囲みの細工も本来の場所に収まる。カチリと小さな音と共に細工がはまり、ブローチは再び高価な宝飾品に戻ってしまった。

一見すると針が隠されているなどとは思うまい。いや、一見するところか実際に触らなければ仕掛けには気付かないだろう。それもソニアのように「何か裏がある」と考えて確認するように触らなければ気付くまい。

「それで獣人の王エドガルドを刺せ」

「エドガルド陛下を……？」

「強靭《きょうじん》な王と言えども、体内から毒に侵されれば敵《かな》うまい」

「な、なぜですか！」

ヘイルドの発言に、ソニアが驚愕《きょうがく》し声を荒らげるように尋ねる。

だがヘイルドは当然のことのように、それどころか己の名案を話すように恍惚《こうこつ》とした表情で口を開いた。

視線こそソニアに向けられているが、その瞳はソニアを見てはいない。どこか別の誰かを……きっとソニアの中に『策が成功した瞬間の自分』を見ているのだろう。

「安心しろ、その毒は強力だが遅効性だ。うまくやればお前が疑われることはないだろう」

「そんな話をしているのではありません。どうしてそのようなことを……！」

「何者かに襲われ獣王エドガルドは床に臥《ふ》せる。嘆かわしいことに王には子はおらず、いるのは嫁いだばかりの無力な妻が一人。そこを救うのが、哀れな妻の父であり、頼れる友好国の王。すばらしい話だと思わないか？」

演技がかった口調、まるで役者のように両腕を広げて語る大袈裟《おおげさ》な仕草。成功した日を思い浮かべ酔いしれながら話すヘイルドに同意を求められ、ソニアは自分の中で血の気が引く音を聞いた。

手にしているブローチが、石の中に隠された針が、目の前の男の言葉を吸い込むように重くなっていく。

「まさか……オルデネア国を乗っ取るおつもりですか？」

「人聞きの悪い。獣は人が躾《しつ》けてやるのが一番というだけだ」

言い捨てるヘイルドの口調は淡々としており、それこそが当然だとでも言いたげだ。

目尻《めじり》に刻まれた皺はまるでインクで描《か》いたように深く、瞳の奥はどれだけ笑おうが冷ややか。

視線こそソニアに向けられているものの、実際には己の駒《こま》を見ているのでしかないと分かる。

野心家だ、愚王だ、常々そう思っていたが、自分が思いつく罵倒では追いつかない。今目の前にしている男はもっと浅ましく薄ら寒いものだ。

「期限はコーネリアの嫁入りから半年だ。その頃《ころ》には、獣人の王エドガルドもメイド相手に隙《すき》を見せるだろう」

「私にそのようなことできません」

突き返すようにブローチを差しだし、ソニアがきっぱりと拒否の言葉を口にする。

ヘイルドは一国の王、一介のメイドが逆らえるわけがない。

それでもこんな馬鹿《ばか》げた話は断って当然だ。メイドの任を解かれるというのなら、喜んでメイド服を脱ぎ去ろう。

もとよりソニアが仕えているのはコーネリアただ一人。身寄りも未来もない自分と兄を拾ってくれた、優しく麗しい世界で一人の主人。

だからこそ親愛も忠義もコーネリアに捧《ささ》げているのだ。彼女の父親とはいえ、こんな愚王の言いなりになるわけがない。

そう考え、ヘイルドを睨《にら》みつけて箱を差し出す。

だが彼はソニアの無礼を叱咤《しった》するでもなく、さりとてブローチを受け取るでもなく、あざ笑うように下卑た笑みを浮かべるだけだ。

「コーネリアは私を父と慕ってくれている。もしも事がうまく運べば、その際には私の横でオルデネア国を統治する手伝いをさせてやろう」

「そのようなこと、コーネリア様がお喜びになるとは思えません」

「そうか、それは残念だ。確かにコーネリアは望まないな。だが『お母様』のためならどうだ？」

あえて遠回しに告げてくるヘイルドの言葉に、ソニアは僅《わず》かに瞳を揺るがせた。

コーネリアの母、ヘイルドにとっては妻でもある。と言ってもこの国の王妃というわけではなく、数いる側室の一人に過ぎない。

王宮内で暮らしているが離れには一度として寄り付かず、ソニアも時折遠目に見かけるだけだ。コーネリア曰《いわ》く、もとより母は密に接してくることはなく、コーネリアが顔に傷を負ってからは声を掛けてくることもなくなったという。

普通ならば薄情な母親と言えるだろう。だがコーネリアは母のことを慕っており、遠目にその姿を見つけると届かないと分かっていても恭《うやうや》しく頭を下げている。

敬意と母への情なのだろうか。

母という存在を知らずに育ったソニアには今一つ分からない感情だ。

（だけど、確かにコーネリア様は母親を慕っている……。それを利用しようだなんて、どれだけ愚劣な男なの……！）

ソニアが忌々しいとヘイルドを睨みつける。

だがそんなソニアの抵抗も、ヘイルドにとっては他愛《たわい》もないものなのだろう。睨まれたところで臆《おく》することもなく、それどころか、今度はまるで子供に諭《さと》すように「いいか、ソニア」と優しい声を出し始めた。

子供を相手にするような、それでいて小馬鹿にしたような、なんとも不快な声だ。脅したかと思えば諭すような声色を出す、先程からころころとまるで舞台に立つ役者のように態度を変えているが、すべてはソニアを煽《あお》るためだろう。

「お前に命じたのも、お前が脆弱《ぜいじゃく》なメイドだからだ。いざとなればメイドの一人や二人、失ったところで痛くも痒《かゆ》くもない」

「そ、それは……」

「言っておくが、他言をしたところで無駄だからな。誰に何を言おうと、すべては愚かなメイドが主人大事さのあまりに一人で企《くわだ》てたことに過ぎない」

仮にソニアがこの計画を密告したとしても、自分はシラを切るだけ。そうわざとらしい口調で告げてくるヘイルドに、ソニアは小さく唸《うな》りをあげた。

なんて忌々しいのだろう。だが忌々しいこの男は、ソニアが考えうるすべての手段に先手を打っているに違いない。

「そうなれば我が国の恥だ。お前の両親もさぞや悲しむだろう。……おっと、お前達は親がいないのだったな」

わざとらしくヘイルドが告げてくる。「これは失礼」という言葉の嫌みったらしいことといったらない。どこまでも相手を馬鹿にし、そして不快を煽る男だ。

……だが、言っていることは事実でもある。

一国の王であるヘイルドにとって、ソニアは単なるメイド。それも自分に迎合せずコーネリアを主人とする『扱いにくいメイド』だ。必要とあらば喜んで切り捨てるだろう。

たとえソニアがヘイルドの企てを訴えたとしても、一国の王と一介のメイドではどちらの話が信じられるかなど考えるまでもない。

己の立場の危うさを改めて思い知らされ、ソニアは己のなかで血の気が引くのを感じた。

それを察したのか、ヘイルドの手がソニアへと伸び、グイと髪を掴《つか》んできた。強引に引っ張られ、痛みにうめくと共に彼へと顔を寄せられる。

先程までの薄ら寒い笑みすらない、ゾクリと背筋が震え上がりそうなほどの冷酷な顔つき。壮年の老いを感じさせるが瞳だけは妙にギラギラと輝いており、その不釣り合いな眼差《まなざ》しに寒気がする。

逃げなくては食われる。そんな恐怖感が胸を占めるが、逃げるどころか指先一つ動いてくれない。

ソニアの恐怖が伝わったのか、ヘイルドの顔に蔑むような色が混ざる。ふっと鼻で笑い、再び下卑た笑みを浮かべて口を開いた。

「なにも剣で切りかかれと言っているわけではない。細い針でエドガルドを刺すだけだ。それだけでコーネリアは愛する両親と一緒に暮らせる。安いものだろう？」

誘うように告げてくるヘイルドの口調は底冷えするほどに淡々としており、これは命令ではなく脅しであり、そして大袈裟なものではないと分かる。

「では行ってこい。朗報を……いや、凶報を待っているからな」

髪を掴んでいた手をあっさりと放し、ソニアの肩を一度ポンと叩いてヘイルドが去っていく。その後ろ姿は堂々としており、傍目には遠方に行くメイドに王が直々に激励を贈ったとでも映るだろうか。

残されたソニアはただ立ち尽くし、手の中にあるブローチを強く握りしめた。

【第一章】『獣人の国へ』

飾り気のない質素な馬車に、申し訳程度の見送りの姿。

その光景は一国の王女の輿入《こしい》れとは思えず、門出《かどで》の華やかさはない。露骨な政略結婚だって出発の日ぐらいは取り繕うものなのに。

そんな不満を、ソニアは出発の準備に専念することで押しとどめていた。

パレードも祝福の言葉も必要ない。そんなもの用意されたって白々しいだけだ。命じられたから渋々見送りに来たと言いたげな同情の視線だって気にしない。囁《ささや》かれる哀れみの言葉も右から左だ。

それよりもさっさと荷物を運び入れて、コーネリアの席の座り心地を整えた方が有意義だ。

言い渡されている予定では、ルノア国の馬車に乗って国境の橋まで向かう。その途中でオルデネア国からの迎えと合流し、それ以降は向こうの馬車に乗る手筈《てはず》。

落ち合う場所までの道のりは長く、それ以降もまた長い。これほど長時間の移動はコーネリアは初めてである。体を痛めないよう、疲れないよう、気を使わねばならない。

準備に専念し、外野のことは見ないようにしよう。そう己に言い聞かせ、ソニアは自分のトランクを馬車に載せた。

トランク一つ、荷物はこれだけだ。

必要最低限の衣類と生活用品だけを詰め込んだ。年頃《としごろ》の少女の荷物とは思えない量だが、忌々しいこの国の物など持ち出す気にならない。出発の前に憂さ晴らしがてらあらかた売り払ってやった。

それに……と考え、ソニアは己の胸元を強く掴《つか》んだ。レースをあしらったワンピースの胸元には、真っ赤に輝く豪華なブローチ。――このブローチが過度に目立たないよう、少し派手目なワンピースを買う羽目になった。なんとも酷《ひど》い話だ――

(こんなもの持っていきたくない……)

胸を圧迫されるような重苦しさに、ソニアは溜息《ためいき》を吐《つ》いた。

この忌々しいブローチを取り外して、あの愚王に叩《たた》きつけて返せたらどんなにいいだろうか。

「胸元を押さえてどうした？　痛いのか？」

「ルイ……！　こ、これは、違うの……ちょっと……」

背後から声を掛けられ、慌ててソニアが振り返った。

そこにいたのは一人の騎士。褐色の肌に赤銅《しゃくどう》色の切れ長の瞳《め》。どうしたのかと問うように首を傾《かし》げれば、一つに縛られた赤銅色の髪がゆらりと揺れる。

ソニアの兄ルイ。ルノア国に仕える騎士でありながら、ソニア同様、忠誠はコーネリアにのみ捧《ささ》げている。ソニアにとって彼は兄であり、そしてコーネリアを守るたった一人の同志でもある。

門出のためにと珍しく正装を纏《まと》い、腰から下げた剣に片手を掛けている。その姿はまさに勇ましい騎士そのもの。我が兄ながら惚《ほ》れ惚《ぼ》れしてしまう見目の良さだ。

ルノア国では珍しい褐色の肌も、彼の勇ましさに拍車を掛けている。褐色の肌と赤銅色の髪を持つルイと、白い肌と銀色の髪のソニア。並べばまるで色見本の端と端だ。

（ルノア国ではルイの褐色の肌は珍しいけど、オルデネア国ではどうなのかしら？　もしかして私やコーネリア様みたいな白い肌の方が珍しいのかも。でも、そもそも獣人は肌じゃなくて毛なのよね。となると毛色……判断するのは肌の色じゃなくて髪の色？　それともまさか産毛《うぶげ》……？）

これから行くのは未知の国、そこにいるのは未知の獣人達。見た目も何もかもが違うのだから、彼らが何を基準にどんな判断をしているのかは分からない。

そんなことを考えつつソニアが首を傾げていると、大事ないと判断したのか、ルイが整った顔つきを意地の悪いものに変えた。

「なんだ、胸焼けか？　我が妹ながら食欲旺盛《おうせい》で情けない」

「誰《だれ》が食欲旺盛よ、失礼なこと言わないで。考え事をしていたの」

「おおかた、これが食い納めだって馴染《なじ》みのパン屋の総菜パンでも食べ漁《あさ》ったんだろう。となると考え事はオルデネア国の名物料理か？」

先程の精悍《せいかん》な騎士から一転して意地の悪い笑みを浮かべて茶化してくるルイに、ソニアも負けじと応戦する。まずは足を踏んでやり、次いで彼の座る場所のクッションを撤去してやった。

馬車は王宮のものだけありボロとまでは言わないが、つくりは簡素で質朴《しつぼく》なものだ。長時間座っていれば腰を痛めかねない。クッションなしではさぞや苦しい旅となるだろう。

見せつけるようにすべて取り払ってやれば、さすがにまずいと思ったのかルイの笑顔が引きつったものに変わった。

「ソ、ソニア……？　クッションが一つもないのはさすがに俺《おれ》も厳しいんだが」

「立派な騎士であるお兄様なら大丈夫よ。それに、食欲旺盛な私はいま胸焼けを起こしていて二人分のクッションに埋まってないと耐えられないの」

「からかって悪かったよ。もう食欲旺盛だなんて言わないから、機嫌を直してくれ」

精悍な騎士から一転して意地の悪い兄に変わったかと思えば、今のルイは妹にしてやられた兄だ。その変貌《へんぼう》を見届けソニアは満足そうに頷《うなず》くと、彼の座る場所にクッションを一つずらしてやった。

機嫌が直りかけていると見て、ルイがソニアの頭を撫《な》で始める。「優しいソニア、もう一声」という彼の煽《おだ》てに、ソニアは笑いそうになるのを堪《こら》えながらもう二つほどクッションを譲ってやった。

そんなやりとりを続けていると、クスクスと品の良い笑い声が聞こえてきた。

コーネリアだ。白いワンピースは細身の彼女によく似合い、金の髪と合わさって輝いて見える。ベール越しに見える顔は穏やかに微笑《ほほえ》んでおり、なんて麗しいのか。

……誰かの古着でも型落ちでもないワンピースで、髪飾りも新品の高価なもので、乗り込むのが豪華な馬車であったなら、まさに王女の門出となっただろう。

それとお付きがもっと多ければ……と、そこまで考え、ソニアはふるると頭を振って考えを打ち消した。

自分は誠心誠意《せいしんせいい》コーネリアに仕えるし、ルイは優れた騎士だ。たった二人しかいないとはいえ、王宮中の使いが束になったとしても忠誠心では負ける気はしない。

「ルイ、たとえ獣人の国だろうと私達でコーネリア様を支えましょう」

「ん？　どうした妹よ」

「いいから、こういう時は素直に同意してよ」

ソニアが促せば、言われるままにルイが頷く。

次いで彼は腰から下げた剣の柄に手を添え、コーネリアを見つめた。

彼女はそびえ立つ王宮を前に、深々と頭を下げている。その方向は父であるヘイルドの部屋。

あの男は娘の輿入れだというのに顔を見せることすらせず、もしかしたら今日が別れの日であることすら忘れているかもしれない。それとも若く麗しい女を侍《はべ》らせて窓から高見の見物でもしているか。もしかしたら、側室であるコーネリアの母親と共に見下ろしている可能性だってある。

それでも深く頭を下げるコーネリアの姿は哀れを通り越して痛々しい。

見ていられないとソニアは顔を背け、ふと隣に立つルイを見上げた。

王の部屋を睨《にら》みつける彼の瞳は鋭く、褐色の肌に赤銅色の髪と瞳《ひとみ》が合わさりまるで炎のようだ。もしもヘイルドが目の前にいたら、すぐにでも剣を抜いて襲いかかっていただろう。それほどまでに熱く、そして熱いがゆえに底冷えするような怒気が彼から漂っている。

おざなりの警備をしていた騎士がその気迫に押されたのか、僅《わず》かに表情を強張《こわば》らせたのが視界の端に見えた。彼等は同じ騎士だからこそルイの強さを知り、そして彼から漂う敵意に臆《おく》しているのだ。次いでソニアを睨みつけてくるのは、早く彼を止めろと言いたいのか。騎士のくせになんと情けない。

「ルイ、落ち着いて」

ソニアが宥《なだ》めるように彼の名を呼び、腕をさすった。力が込められているのが肌に触れているだけで分かる。

だがルイは我に返るとすぐさまソニアへと向き直り、鋭かった目元を緩めて困ったように笑った。いつもの表情だ。先程までの燃え上がるような敵意はない。

「私達でコーネリア様をお守りしましょう」

私達しかいないんだから。

ソニアが告げれば、ルイが眉尻《まゆじり》を下げて笑った。

※

おざなりに見送られ、馬車で走ること数時間。

栄えていた町並みは次第に自然溢《あふ》れる長閑《のどか》なものとなり、そして広大な海が広がる。

太陽の光を反射した海面は眩《まぶ》しく、海鳥が高い鳴き声をあげながら飛び交う。窓を開ければ潮の香りをはらんだ風が吹き抜け、ソニアの銀の髪を誘うように揺らした。

どこまでも続く海。

広く、壮大で、止まることを知らず波が揺れる。

そこに架かる長い一本橋を見つめ、ソニアは目を細めた。

広大な海にまるで線を引いたように伸び、橋の先は目視では確認できない。これがルノア国とオルデネア国を繋《つな》ぐ唯一の橋だ。

他国にも同様の橋や船といった行き来の方法はあるものの、表立って交流する国はない。人間も獣人も両者互いに関与せず、それが長い歴史のいつからか始まった暗黙の了解である。

それを今から破る。

一国の馬車が王女を乗せて橋を渡り輿入れする。これはルノア国の、いや、それどころか他国や両種族の歴史においても異例のこととなるだろう。

今更ながらにその重みを感じ、ソニアは手にしていたクッションを握った。恐怖と不安が胸を占めるが、今更この婚約を取り消すことはできない。

(せめてどうか、コーネリア様とルイには優しい国でありますように……)

次第に近付いてくる橋を見つめ、ソニアは心の中で祈るように呟《つぶや》いた。


遠目に見ていた橋が次第に近付き、今はもう目前にまで迫っている。

ついには橋に乗り上げ、ガタと音を立てて馬車が揺れた。

この橋の途中が国境とされ、そこで一度降りて向こうの馬車に乗り換えるというのが今回の輿入れの方法である。まるで物の受け渡しのようではないか。見送りもなければコーネリアの嫁入りを見送る式もない『渡して終わり』である。

何から何までコーネリアを嘲笑《ちょうしょう》しているように感じ、ソニアはふるりと首を横に振った。自分まで陰気な考えでは、誰がコーネリアの気分を晴らすというのか。

「コーネリア様、馬車を移るにあたり、持っていくクッションを選びましょう！」

「クッション？」

「はい。乗り換えてからも橋は長いので、体を痛めてはいけませんからね。ルイも、どれが一番ふかふかしているか調べてよ」

　ほら、とルイを促しつつ、クッションを一つ一つ押して弾力を確かめていく。少し力が入ってしまうのは憂さ晴らしも兼ねているからだ。

　コーネリアの輿入れにあたり上質のクッションが用意される……ということはなく、持ち込んだのはどれも普段から使用しているものである。『贈答』という形で押し付けられるお古の衣類を仕立て直して活用している。

「ねぇ、ソニア。これなんかどうかしら。縫っている間にルイが針を折った時のよ。力みすぎて三本の縫い針を駄目にしたのよね」

「それならこちらも良いですよ。これはルイがテーブルクロスと一緒に縫い上げたものです」

「あら懐かしい。『できた！』って掲げた瞬間、テーブルクロスが引っ張られて茶器が全部ひっくり返ったのよね」

　懐かしい、とコーネリアとソニアがクッションを手に思い出を語り合う。

　古着の直しもクッションの仕立ても、いつも三人で行っていた。――ルイに関しては貢献していたのか邪魔と破壊をしていたのか定かではないが――ボロのクッション一つだろうと思い出があるのだ。

　もっとも、コーネリアとソニアにとっては楽しい思い出だろうと、ルイにとっては語るには辛《つら》い失敗談だ。すぐさま別のクッションを手にし、「こっちの方が柔らかい！」と話題を変えてしまった。その必死な態度にソニアは思わず笑いだしてしまう。

「ルイは昔から不器用だものね」

「騎士に針仕事をしろっていうのが無茶なんだ。でも今から行くのは獣人が住むオルデネア国だろ、獣人の手は形こそ俺達と同じだが毛に覆われてると聞いたことがある」

「毛に覆われた手？　それじゃ針仕事なんて無理じゃないかしら」

「そうだ。きっと獣人達は針仕事ができないに違いない。対して俺は不器用だができないこともない。つまり獣人の国の中では、俺は器用な騎士になるということだ！」

「自分より不器用な人に囲まれても、器用になるわけじゃないのよ。でもそれなら騎士服が破けても繕わなくて平気よね。器用な騎士様なら、ボタンだって自分でつけられるはずよ」

「そ、それは……。可愛《かわい》いソニア、そうつれないことを言ってくれるな」

得意げな態度から一転して情けない口調になるルイに、ソニアがしてやったりと笑む。

そんなやりとりを、コーネリアがベール越しに笑った。クスクスと鈴の音のような笑い声は気品を感じさせ、まるで家族を愛《め》でるような色合いも見せている。

「獣人が不器用なら、私でもお針子の仕事くらいなら貰《もら》えるかもしれないわね」

「コーネリア様、王女である貴女《あなた》が仕事なんて」

「これから三人でオルデネア国で生きていくんだもの、私だってできることを見つけないと。

さぁ、そろそろ馬車を降りる準備をしましょう」

まるで姉のように優しい口調でコーネリアが促せば、ソニアとルイがそれに従う。

もっとも、準備といえども荷物などあってないようなもの。結局クッションも選ばず、それぞれ片手に小さなトランク程度だ。


そうして馬車がゆっくりと停《と》まり、御者が扉を開ける。

随分と無愛想な御者で、まるでさっさと降りてくれと言いたげだ。そのうえソニア達を降ろすと、まだオルデネア国側の馬車が来ていないというのに来た道を戻っていってしまった。

おおかた安い金で雇われたのだろう。王女の輿入れとなれば報酬も弾むと期待したのに……と、言葉にせずとも不満が漂っていた。

「なによあの態度！　ルイ、追いかけてちょっと文句を言ってきて！」

「無茶を言ってくれるな。それよりコーネリア様、しばらく待つようですが大丈夫ですか？」

「えぇ、大丈夫よ。ソニアも落ち着いて。せっかくだし海でも眺めながら歩きましょう」

長い橋のど真ん中に取り残され、三人で途方にくれて仕方なく歩き出す。

広大な海はどこまでも続き、その上を一歩ずつ進むことのなんと遅々と感じられることか。

風のように飛んでいく海鳥が羨《うらや》ましい。

「今だけは海鳥になりたいわ。そうしたら軽やかに飛んで、コーネリア様に美味《おい》しい新鮮な魚を捕ってさしあげられるのに」

「ソニア、さすがに私も海から捕れたばかりの魚は……」

「確かに、きちんと調理しないといけませんね。それならルイは火を吹く動物になれば良いわ。私が捕った魚を焼いてコーネリア様にお出しするのよ」

「火を吹く動物……!?」

ソニアの発言にルイが疑問符を頭上に飛ばす。兄妹のやりとりが楽しいのか、コーネリアは楽しげに笑うだけだ。

そうしてしばらくは雑談を交わしつつ橋を歩き、次第に会話も途絶えていった。波の音と海鳥の鳴き声だけが響き、時折誰からともなく波間に視線をやる。

穏やかな海面だ。反射する光は美しい。

だがその美しさに浸れないのは、この先にあるオルデネア国とそこでの生活に不安しかないからだ。雑談で笑ってもその不安は拭《ぬぐ》えず、沈黙のたびに胸に広がり侵食していく。

獣人が住む国、むしろ獣人しかいない国。

ルノア国でも三人で身を寄せあって生活していたが、いよいよをもって『たった三人の人間』になってしまった。

（そもそも、オルデネア国に辿《たど》り着けるのかしら……）

心の中で小さく呟き、ソニアは深い溜息を吐いた。

はたしてこの橋の先に本当に国があるのか。もしかしてこのまま終わりなく橋が続き、迎えもなく延々と歩き続けるのではないか。

辿り着くこともできず、戻ることもできず、三人で朽《く》ち果てるだけ……。そんな不安さえ抱いてしまう。

だがその不安が消え去ったのは、はるか前方から一台の馬車が向かってくるのが見えたからだ。ルイもコーネリアもこの途方のない行軍に不安を抱いていたのか、誰からともなくほっと安堵《あんど》の息を吐いた。

オルデネア国からの馬車。あの馬車に獣人が乗っている。そう考えると不安は残るが、少なくともこのまま延々と橋を歩き続けるのではという懸念は解消された。

「迎えが来たわ。二人とも、失礼のないようにね」

「はい！　コーネリア様に無礼なことをしたら、目にもの見せてやります！」

「ご安心ください。コーネリア様に危害を加えるような奴《やつ》がいれば、俺がこの剣で！」

「なんでこの兄妹はこうも血の気が多いのかしら」

まったく、と言いたげにコーネリアが溜息を吐けば、それとほぼ同時に目の前まで迫っていた馬車が停まった。

馬車全体を覆うのは碧《あお》色の布。金糸の刺繡《ししゅう》は美しく、縁に飾られた同色のタッセルが揺れる。煌《きら》びやかとは言わないが、碧色を地に、飾りは金、と二色で統一されているため厳《おごそ》かな印象を与える。まるで海面の波が輝いているようで、それが目の前で停まるのは不思議な光景にさえ思える。

しばし見とれるように眺めていたソニアは、それでも御者が狐の獣人であることに気付くと息を呑《の》んだ。

狐でありつつ身の丈は人間の大人《おとな》と同じくらいあり、毛に覆われた手で手綱を操り馬を走らせる。獣人の国の御者は当然ながら獣人だ。

その御者はこちらに一礼すると、馬車の扉を軽く叩いた。到着を知らせて扉を開く。

馬車から降りてくるのは、獣人の国オルデネア国からの使い。

事前に聞かされていた話では王の側近だという。ソニアが知っているのはそれだけだ。

いったい何の獣人なのか、どのような人物なのか、一つも情報がない。

杜撰《ずさん》な政略結婚、それも持参金もあってないような雀《すずめ》の涙。見送りの馬車にさえも置いていかれた哀れな三人を、彼等はどのように思っているのか……。

ソニアの不安に気付いたのか、それとも彼女も不安を抱いたのか、コーネリアが右腕を掴んできた。ベール越しに透ける彼女の顔には緊張の色が見える。

そんな二人を庇《かば》うようにルイが一歩進み出た。腰に下げている剣の柄に手をかけ、眼前の馬車を睨みつけている。一介のメイドでしかないソニアですら感じ取れるほど、彼からは敵意と警戒心が漂っている。

自然とソニアも身構える中、ゆっくりと扉が開き、隙間《すきま》から影が見え……。

「いやぁ、まさか歩いていらっしゃるとは思いませんでした。お待たせして申し訳ありません。いやはやこれならもっと早く出ておけばよかった。時間前に着いて待っていれば急《せ》かしていると思いかねないと考え、時間ちょうどに来てしまいましたよ。どちらから歩いてこられたのでしょう？　さぞやお疲れでしょう。しかし歩いてこられるとは健康でよいことだ」

と、もの凄《すご》い勢いで喋《しゃべ》り倒す鳥の獣人が出てきた。

赤、青、黄、緑……とまるで絵の具を出したパレットのような極彩色の羽。人間のものと似た作りの手が見えるが、それもまた鮮やかな羽に覆われている。

鳥のようでいて、手足を持ち二足歩行。動きは人間と同じで喋る言葉も同じ。そのうえ翡翠《ひすい》色のベストと濃紺のズボンを着ているのだから、なんとも不思議なものだ。

……そして不思議であると同時に派手である。あとよく喋る。

なにせ馬車を降りる時から喋り、そしてソニアが初めて見る獣人の姿に――あとその派手さと喋りに――目を丸くさせている間も喋っているのだ。

ソニア達の長旅を労《ねぎら》ったかと思えば、空を見上げて海鳥を見つけると「あの海鳥は」だの「今日はよく晴れて」だのと話し、波間を魚が跳ねれば今度は魚について話す。時折はこちらに同意を求めるものの、求めるだけで返事は聞かずに再び喋り出すのだからよっぽどだ。

（これが獣人……。なんて不思議……なんだけど、不思議さに驚いていいのか、喋る勢いに驚いていいのか、わけが分からなくなりそうだわ……）

あまりの勢いにソニア達が気圧《けお》されるように唖然《あぜん》としていると、「バルテ補佐官」と声が掛かった。低く唸《うな》るような重苦しい声。

発したのは、馬車から降りてきた黒豹《くろひょう》の獣人。バルテと呼ばれた鳥の獣人より二回り近く体《たい》躯《く》が良く、黒一色の毛並みは威圧感を覚える。

纏う服装はバルテのものとは違い、灰色を基調に黒の刺繍が入ったシンプルなものだ。首もとにはスカーフを巻いている。

腰から剣を下げているあたり警備か騎士の務めだろうか。四肢は太く獣らしさが感じられ、漂う迫力にソニアは思わず半歩下がった。

黒毛に覆われた獣らしい顔つき、金色の瞳がギロリとソニア達に向けられる。睨まれただけで震え上がりそうな瞳だ。獰猛《どうもう》、そんな言葉が脳裏をよぎる。

「バルテ補佐官、陛下がお待ちだ。すぐに戻ろう」

「クレイン、おまえは挨拶《あいさつ》もなしにそれか。いやぁまったく申し訳ない。あいつはクレインといいまして、我が国の騎士です。剣の腕は確かなんですが、いかんせん愛想がないんですよ」

「俺の話はいいから馬車に」

「せっかく王女のお迎えに選ばれたというのに最後まで嫌だ行きたくないと子どものように拒否して、引きずって乗せるのにどれだけ苦労したか。少しは愛想を良くするように言っても馬車の中で終始仏頂面です。まったく困ったものだ」

「だから早く馬車に」

「しかしクレインは背格好は優れていますから、荷物持ちには適しておりますよ。コーネリア王女とお付きの方も、なにか荷物があればこやつに持たせてやってください。ですが見たところ荷は少なそうですな。しかしご心配されるな、不自由がないようにこちらで揃《そろ》えておりますゆえ」

「バルテ補佐官、いい加減にしてくれ！」

クレインと呼ばれた黒豹の怒鳴り声に、ソニアはビクリと肩を振るわせた。自分に向けられているわけではないのに、心臓が跳ね上がる。なんと恐ろしく威圧的な声だろうか。

コーネリアもこれにはソニアに身を寄せ、ルイに至っては鋭い眼光で剣を抜きかけている。

……もっとも、怒鳴られた張本人であるバルテはと言えば、

「はいはい、分かったからそんなに怒鳴るな。コーネリア王女達が怯《おび》えるだろう。まったく、愛想がない上にせっかちで嫌になる。ではコーネリア王女、お荷物をお持ちします。お連れの方々も何かあれば馬車に乗せますよ」

と、まったく動じることなく再び喋り始めるのだ。

これはクレインの威圧感に震え上がるべきなのか、それともひたすらに喋るバルテに唖然とするべきか。

そんなことを悩みつつ、ソニアは我に返るとバルテに向き直った。

人と同じ背丈、体のつくりも人と似ている。だが頭部は鳥だし全身は羽毛に覆われ、鳥らしい羽も生えている。鳥であり、人のようでもある。

目の当たりにすると夢でも見ているような気分になるが、さすがに今ここで己の頬《ほお》をつねるわけにはいかない。

それに、いくら一方的に喋り倒す獣人とはいえ、彼はオルデネア国からの使い。補佐官と呼ばれているのだから相当の身分なのだろう。

礼儀を欠いてはいけない。そう考え、ソニアはスカートの端を摘《つま》むと品良く頭を下げた。

「お初にお目にかかります。私、コーネリア様に仕えるメイド、名前はソニアともう……」

「いやぁ、わざわざ丁寧なご挨拶をありがとうございます。なんて可愛らしいお嬢さんだ。コーネリア王女にはもちろんメイドをおつけしますが、勝手知ったる方が一人いていただけると我々も有難い。麗しい王女に、愛らしいお嬢さん、我が国は花束を貰った気分ですな」

「あ、あ、ありがとうございます……それで、こちらは私の兄のルイ……」

「おや、もしやそちらの方は騎士ですか！　いやはや立派な。我が国の騎士隊は各々《おのおの》種族に合った戦い方をしておりますが、異種族の戦いから学ぶこともあります。人間の戦い方は未知の領域、学ぶところも多いでしょう。実は私も若い頃は騎士の端くれなどしておりまして、もしご縁があればこの老体と一度手合わせをしていただけませんかな」

一つ言い終わらぬうちに十を返してくる。いや、二十にして返してくる。

あまりのバルテの怒濤《どとう》の喋りにソニアはただ口をパクパクと動かすだけで精一杯だ。名乗れただけ褒めてほしいぐらいである。

そんなバルテの話に痺《しび》れを切らしたのか、クレインがズイと割って入ってきた。苛立《いらだ》ちを隠しきれないのかソニア達を睨みつけてくる。

「このままじゃ夜が明けてもここで立ち話だ。さっさと馬車に乗ってくれ」

「で、でもまだ話が……」

「俺達が馬車に乗ればバルテ補佐官もついてくる。……まぁ馬車の中で喋り続けるがな」

うんざりだと言いたげにクレインが溜息を吐く。

あんまりなその話に圧倒されつつ、それでもと馬車へと乗り込もうと歩き出せば、クレインがソニアへと片手を差し出してきた。

話に聞いていた通り、彼の手は人間の手と同じ形をしている。だが体同様に黒毛に覆われており、指や関節は太い。掌《てのひら》には黒く硬そうな肉球もある。これでは細い針は摘みにくいだろう。

その手が自分へと向けられ、ソニアはどうしていいのか分からず首を傾げて返した。問うように彼の手と顔を交互に見つめれば、クレインの瞳がソニアが持っているトランクへと向けられる。

渡せ、ということなのだろうか。

もしや危険なものを持ち込むと警戒されているのか。疑われているかもと案じ、ソニアは片手で胸元を押さえた。

トランクに入っているのは衣服や必要最低限の生活用品だけだ。だが胸元にはヘイルドから渡されたブローチがある。その中に隠されているのは……。

「な、なにも疚《やま》しいものは持っていません……！」

「そうか、わざわざ申告どうも。それよりも馬車に乗せてやるからトランクを寄越せ」

ほら、とソニアの目の前でクレインの片手が揺れる。

催促しているのだろう、言われるままに渡せば、黒毛に覆われた大きな手が器用に指先を曲げて取っ手を掴んだ。彼の大きな手に持たれると、トランクはまるでハンドバッグのようだ。

「あ、あの、ありがとうございます」

「荷物持ちぐらいならできる。それよりも早く乗り込んでくれ。バルテ補佐官を馬車に乗せたいんだ」

早く、とクレインに促され、慌ててソニアが馬車へと乗る。

コーネリアとルイもそれに続き、クレインも……となると、話し相手を求めるようにバルテが馬車に乗り込んできた。

見渡す限りの海は陸地に変わり、街並みへと移っていく。

獣人の生活はどのようなものかと不安を抱いていたが、窓の外を流れていく景色《けしき》はルノア国の景色と大差はない。馬車が通る道は舗装され、並ぶ家は造りや高さにこそ違いはあれど基本的な造りはソニアが知るものと変わりはない。時には公共施設らしき立派な造りの建物が見え、遠目に市街地があるのも分かった。

これならば生活の違いに苦労することもなさそうだ。

「ここいらはオルデネア国でも田舎《いなか》のほうに分類されますが、長閑で良いところですよ。私も長期の休みをとって妻と遊びに来るのですが、まるで時間の流れが違うように穏やかに過ごせるんです。私が言うのもあれですが、鳥の鳴き声で目を覚ますことほど気持ちのよいものはない」

上機嫌でバルテが話し、そしてまた思い出したように別のことを話し出した。

馬車に乗って以降、彼は終始この調子なのだ。オルデネア国について、その最中にソニアのトランクを見て思い出したという先日買った鞄《かばん》のこと、横を抜けていった海鳥の話、馬車の話、町並みの話……。内容はとっちらかっており、一つの話題を話し終えぬうちに途切れることなく別の話へと続いていく。話の終わりがない。

ソニア達はそれを聞きつつ、問われれば返事をしようとし、返事の最中に再び話し出され……と繰り返していた。相槌《あいづち》を打つのでさえ一苦労。それなのに相槌や返答を求めてくるとはなんとも理不尽だ。

これでは国を渡った余韻もなければ、獣人を前にする緊張もどこかへ吹き飛んでしまう。馬車内にはバルテの声だけが続き、波音も、鳥の声も、車輪が道を走る音さえも聞こえてこない。これだけ喋れるのは圧巻だ。

そんな怒濤の喋りに気圧される中、ソニアは向かいに座るクレインの耳がずっと後ろ向きに伏せられていることが気になっていた。

聞いているようで、全く聞いていないのかもしれない。

立派な建物が見えた。


馬車に乗り込んでから数時間は経《た》っただろうか。

既に日は落ちかけ、家屋に隠れそうなほど低い位置に夕日が見える。あと一時間どころか数十分すれば日は落ちきり夜になるだろう。

ゆっくりと停まった馬車から降り、ソニアはぐっと体を伸ばした。胸一杯に空気を吸い込めば、隣に立ったルイも同様に体を解《ほぐ》す。

「不思議ね、バルテ補佐官の話しか記憶にないわ……」

「あぁ、俺も同じだ。凄いな。ずっと喋り続けてた」

「柔らかいクッションを用意してくれていたから体は平気だけど、耳が疲れたわ。耳が凝るなんて初めてよ」

ムニムニと己の耳を揉《も》みながらソニアが訴えれば、ルイも同感だと頷いた。質のよい馬車と柔らかなクッションのおかげで長時間の移動でも苦痛は感じなかったが、終始バルテの話を聞き続けたため耳だけが疲労を訴えている。

だというのに、当の本人は出迎えに来たメイド相手に喋り続けているのだから見事なものだ。

ソニアが試しにと耳を塞《ふさ》いでも、頭の中でバルテの声がする。脳に刻み込まれてしまったのか。これは間違いなく夢に出るだろう。

「コーネリア様、大丈夫ですか？　耳は凝っておりませんか？」

馬車からコーネリアが降りてきたのを見て、手を差し出しつつ案じる。

苦笑しつつも否定しないあたり、彼女もバルテの怒涛の喋りに圧倒されたのだろう。無理もない。

「色々と教えていただいたけれど、次から次へと話が変わっていくから混乱しちゃったわ」

「えぇ、凄かったですね……。今夜はバルテ補佐官に喋り倒される夢を見そうです」

きっと夢の中でも延々と喋り続けることだろう。そう考えてソニアがげんなりとしていると「おい」と声を掛けられた。クレインだ。

彼はルイと共に馬車から荷物をおろすと、「陛下がお待ちだ」と歩き出してしまった。案内するからついてこい、ということなのだろう。

彼の手にはいまだソニアのトランクがあり、そのまま歩き出されてはソニアも追うしかない。

「……あの、自分で運びますよ」

恐る恐る横から声を掛けるも、クレインの足は止まらない。大柄な彼の歩みは速く、小柄なソニアは横に並ぶのも必死だ。

もとより獣人は足早なのか、それとも彼の体格ゆえか、もしくはさっさと案内を終えてしまいたいのか……。そのどれとも分からず、聞くわけにもいかない。もちろん「もう少しゆっくり歩いて」と頼むなんてもってのほかだ。

ゆえに彼の歩みについていきながら横顔を眺めるも、人と違い動物らしい彼の横顔からはなにも窺《うかが》えない。怒っているようにも見えるが、もとより黒豹はこの顔だと言われても納得してしまう。

金色の瞳はまっすぐ前を向いており、それすらもソニアには恐ろしく思えるのだ。

「王女の荷物はあの騎士が持つんだろう。だからお前の荷物は俺が持つ」

「でも、トランクぐらいなら……」

「補佐官に持たせてもいいんだが、持ったが最後どうなるか想像がつくだろう」

脅すようなクレインの言葉に、ソニアの脳裏に再びバルテの声が蘇《よみがえ》った。

彼にトランクを渡せばどうなるか。きっと「おや軽い荷物だ」と始まり、「荷物と言えば」と話題が移り、ひたすらに喋り続けるだろう。

その間、当然だが荷物を持ってもらっているソニアは彼から離れられない。つまりトランクは人質ならぬ荷物質だ。耳への負担がより増してしまう。

それは避けたい……とソニアが小さく唸れば、クレインがふっと小さく笑みをこぼした。獰猛に思えた瞳が細められ、その表情はどこか楽しそうに見える。

「そ、それなら……お願いします……」

笑われていると感じ、ソニアが慌てて俯《うつむ》いた。

妙に気恥ずかしいのは、笑われたからか、それとも荷物を持ってもらっているからだろうか。

思い返せば、誰かに荷物を持ってもらったのは初めてかもしれない。

あの凍《い》てついた城内では、どれだけソニアが重い荷物を必死になって運んでいても誰も手伝ってくれなかった。若く逞《たくま》しい男達でさえ「ご苦労様」と嫌みたらしく言ってくるだけなのだから、いつしか期待することもなくなった。――唯一ルイにだけは重い荷物を持ってもらっていたが、どちらかと言えばソニアの方から押しつけたに近い――

（こういうのもエスコートって言うのかしら……。なんだかとても照れくさいわ……）

空いた己の手をどうしていいか分からなくなり、周囲を見回し……。

ゆらゆらと、ちょうどよい高さで揺れるクレインの尻尾《しっぽ》に目を止めた。

腰元からたらりと垂れる彼の尻尾は、体と同じく黒一色だ。長くしなやかで、彼が歩くのに合わせてゆらゆらと揺れている。

(触ってみたいけど、触ったら失礼にあたるのかしら)

そんなことを考えつつ歩いていると、視線に気付いたのかクレインがひょいとこちらを向いた。耳が伏せられ、瞳には怪訝《けげん》そうな色が見える。

困惑しているのだろうか。意外に顔に出やすいようだ。

「……尻尾が珍しいのか?」

「え、あ、はい。ごめんなさい、じっと見つめてしまって」

「人間には尻尾がないから仕方ない。だが見ていても面白いものじゃないだろ」

クレインの口調には怒りや無礼を訴える色はなく、むしろいったい何がそこまで興味深いのかと疑問を抱いているようだ。

曰《いわ》く、獣人のほとんどが尻尾を持つ種族ゆえ、彼等にとって【尻尾】とは別段意識するものではないらしい。

そう淡々と話すクレインに、ソニアはなるほどと納得し……やはり彼の尻尾に釘付《くぎづ》けになってしまった。どうにも視界の隅でゆらぐと目で追ってしまう。

駄目だと分かっていても尻尾に釘付けになり、むしろ彼の尻尾しか見えなくなり……、

ドシン！　と何かにぶつかった。

慌てて顔を上げれば、目前に迫る黒豹の顔。金色の瞳がじっとソニアを見つめている。ピンと伸びた髭《ひげ》まで鮮明に見える距離だ。

思わずソニアはパチンと瞬きをし、次の瞬間、クレインにぶつかってしまったことを察して慌てて飛びのいた。尻尾に夢中になるあまり彼にぶつかり、そのうえ自分がぶつかったことにも気付かず見つめてしまっていた。

「ご、ごめんなさい！　怪我《けが》は、あの、痛くは……！　私ったらつい尻尾を見つめてしまって！」

「別にこれぐらいたいしたことじゃない。それより危なっかしいからちゃんと前を見ろ」

「は、はい。気をつけます……！」

ぶつかってしまったことが恥ずかしく、ソニアがそそくさと距離を取ろうと後退し……、ズルと後ろ足が滑った。

自分の体が一瞬にしてバランスを崩すのを感じ、転ぶ！　と咄嗟《とっさ》に脳内で危険を感知する。だが体は動いてくれない。

思わずソニアが目を瞑《つむ》る。

だが次の瞬間、何かがグイと自分の体を支えた。強引に引き寄せられ、目を開ければ金色の瞳。

もちろんクレインである。転びそうになったソニアを抱きとめてくれたのだ。

背中にあたる逞しい腕の感触、眼前にある豹の顔、金色の瞳は呆《あき》れを込めてじっとりとソニアを見つめている。

またやってしまった……とソニアが心の中で呟いた。サァと己の顔が青ざめるのが自分自身で分かる。

「……に、二度もご迷惑をお掛けして申し訳ありません」

「気にするな。人間は尻尾がないから距離感とバランスが掴めないんだろ」

「あぁ、間違えた認識を……。違うんです、たんに私の落ち度なんです……」

嘆きながらソニアが訴える。きちんと説明しなければ、自分のおっちょこちょいが人間全体の特性とされかねないのだ。

だからこそ尻尾の有無とは無関係だときちんと話し、同時に手を煩《わずら》わせてしまったことを詫《わ》びる。深く頭を下げれば、クレインがばつが悪いと言いたげに頭を掻《か》いた。彼の黒毛が、太く同色の毛に覆われた指によりワシワシと豪快に掻かれる。

「そこまで大袈裟《おおげさ》に謝るな。倒れそうな奴がいれば助けるのは当然だろ」

「当然……」

クレインの言葉に、ソニアは彼を見上げた。

金色の瞳がどこか居心地悪そうに見つめてくる。一見すると恐ろしい獰猛な黒豹だが、彼は倒れかけたソニアを助け、そのうえ当然のこととまで言ってきたのだ。

仮にこれがルノア国であれば、誰も助けてくれることなく、それどころか転ぶソニアを見てあざ笑う者すらいたかもしれないのに……。

「あ、あの、ありがとうございます」

謝罪ではなく礼を告げれば、クレインがそっぽを向きつつ「気にするな」と言い捨てた。

どうやらお礼を言われるのも気恥ずかしいようで、しばらくソニアが見つめていると「そういえば」と強引に話題を変えてきた。

「尻尾が珍しいから見たくなるのは分かる。だが連れの騎士には気をつけるよう言っておいた方がいい」

「ルイに、ですか？」

「俺は別に気にしないが、もしあの騎士が女の尻尾を凝視してたら問題になりかねないからな」

クレインの言葉に、ソニアはきょとんと目を丸くさせて首を傾げた。

尻尾を見つめていて、どうして問題になるのか……。

だが考えてみれば、彼等の尻尾は腰の付け根あたりから伸びている。種族による違いはあるだろうが【尻尾】というのだから基本的には腰元のはずだ。

それを見つめる。つまり腰と、そしてお尻《しり》も見つめることになるだろう。

ルノア国から来た騎士が、獣人の女の子のお尻――尻尾――を凝視……。

「ルイに変な疑惑が掛かっちゃうわ！」

思わずソニアが声をあげた。これは由々しき問題である。

オルデネア国に来て早々、兄が痴漢疑惑など泣くに泣けない。だが今まさにソニアがそうであったように、ルイもまた尻尾に釘付けになる可能性は否めない。ゆらゆらと目の前で揺れる尻尾には抗《あらが》えない魅力があるのだ。

これは事前に忠告しておかねば！

そう考えてソニアが慌てて後方を歩くルイ達のもとへと向かえば、背後から「慌てすぎて転ぶなよ」と楽しそうに笑う声が聞こえてきた。


その後も案内役のクレインを先頭に王宮内を進む。

碧色の絨毯《じゅうたん》が敷かれた通路は厳かでありつつも華やかで、まるで海の上を歩いているかのようだ。いたるところに花が飾られ城内も綺麗《きれい》に磨かれている。王宮らしく立派な造りに、それに見合った内装。ホコリ一つなく維持されているのも見事の一言に尽きる。

庭園を始め王宮内の一部は国民に開放しているらしく、窓から子供達の声が聞こえてきた。見れば小柄な犬の獣人が庭園に置かれたオブジェの周りを楽しそうに駆け回り、近くで背丈の高い同色の犬の獣人が微笑ましそうに眺めている。

彼等は服を纏い二足歩行をしているが、その顔や手足は犬そのものだ。それでも一目で親子だと分かり、彼等の穏やかな気持ちが風に乗って伝わってくる。

なんて暖かな光景だろうか。オルデネア国が平和だと、説明せずとも目の前の光景が教えてくれる。

(だけど……)

そう心の中で呟き、ソニアは目の前の暖かな光景からチラと視線を歩いてきた通路の先へと向けた。視界の端に見えていた影がサッと通路の角に消える。

王宮に仕える者達だろうか、それとも野次馬で集まった国民か。

人影はソニア達が王宮に入ったあたりから視界の端に映り込み、声を掛けてくるでもなく、こちらを覗《のぞ》いては囁き合い、時には逃げるように去っていく。

(陰口かしら。それとも冷やかし？)

嫌な気分、とソニアは眉間《みけん》に皺《しわ》を寄せた。

どうやらそれは他《ほか》の者も気付いているらしく、ルイは険しい顔で剣の柄に手を掛けている。眼光鋭く、通路の角にまた一つ現れた人影をギロリと睨みつけた。ソニアも周囲を警戒しつつ、注がれる視線から庇うようにコーネリアに寄り添った。

「コーネリア様、ご安心ください。何があっても私とルイでお守りしますから」

「……素敵な国だけど、あまり歓迎されていないようね」

ベール越しに呟かれるコーネリアの声は苦しそうだ。

もとより手放しで歓迎されるとは思っていないが、さすがに見せ物のように遠目で見られるとは思っていなかったのだろう。

そのうえ自分どころかソニアやルイまで好奇の目に晒《さら》されている。それがよっぽど心苦しいのか、コーネリアの声色は今にでも謝りそうだ。

だが彼女が謝罪の言葉を口にするより先に、クレインが「着いたぞ」と一言告げて足を止めた。

豪華な作りの城の中、目の前にあるのは一際大きく厳かな作りの扉。

いかにもといった風貌《ふうぼう》の扉の先は大広間となっており、城の中で一番広いという。そこで待っているのがオルデネア国の王エドガルドだ。

この扉の向こうに……とソニアは緊張に体を強張らせた。胸元に飾ったブローチがじわじわと重さを増していく。

だがここで逃げるわけにもいかず、そもそも逃げる場所なんてない。そうソニアは己に言い聞かせ、扉をノックするクレインを見つめた。

彼の手が扉を叩きゆっくりと押し開く。ギシと音がして開いた隙間から光が漏れ、次第に扉の向こうの光景が見えてくる。

そうして扉が開き切ると、ソニアは目の前の光景に圧倒され、

「……綺麗」

と、誰にでもなく呟いた。

天窓から光が降り注ぎ、埋め尽くすように飾られた花が輝く。屋内とは思えないほど目映《まばゆ》く美しい光景。

ふわりと漂うのは咲き誇る花の香りだろうか。色とりどりの花は溢れんばかりで、カーテンや調度品も花に合わせて淡い色で統一されている。

その光景は、さながら一面の花畑。どれだけ著名な画家の一級の絵画《かいが》であっても、目の前の光景の足下にも及ばないだろう。

碧色の海を歩いていたかと思えば、その先には麗しい花畑が待ち構えていた。

その光景にソニア達はしばし茫然《ぼうぜん》とし、そして我に返るとようやく大広間の中央に一人の獣人が立っていることに気付いた。

金の毛並みが天窓からの光を受けて輝く。まるで全身に淡い光を纏い、彼自身が輝いているかのようだ。

彼こそオルデネア国の王、黄金の獅子《しし》エドガルド。

その姿は遠目からでも威厳を感じさせる。黒豹のクレインよりも体躯がよく、碧色の瞳は獲物をとらえる獰猛な獣のように鋭い。

漂う威圧感にソニアは気圧され、息苦しさすら覚えていた。絶対的な強者を前にした恐怖と不安がブローチごと心臓を鷲掴《わしづか》みにする。

だがそんなソニアの隣をスルリと抜けて歩き出す人影があった。ふわりと揺れるのはエドガルドと同じ黄金の髪。軽やかな足取りに合わせ、顔を覆うベールが揺れる。

コーネリアだ。彼女はエドガルドの前までまっすぐに進むと恭《うやうや》しく頭《こうべ》を垂れた。ベールの隙間から金の髪がはらりと落ち、白いワンピースが天窓の光を受けて輝く。

金糸の王女が黄金の獅子に頭を垂れる様は、まるで夢物語のワンシーンだ。

もっとも、実際は哀れな王女が獰猛な獅子の生贄《いけにえ》になる……そんな非情な物語でしかない。

だがエドガルドは獅子とはいえ人語を話す獣人。さすがにコーネリアを食べるようなこともなく、低い声で一言「そう緊張するな」と告げた。

「長旅で疲れただろう」

「い、いえ……わざわざ馬車を用意していただき、申し訳ありません」

「当然のことだ。本当は俺自ら迎えに行こうと思ったんだが、諸事情があってな。迎えに行けずすまなかった」

「そんな……」

威圧的な見た目に反して紳士的に接してくるエドガルドに、虚を衝《つ》かれたのだろうコーネリアが驚きの様子を見せる。

これにはソニアも驚いてしまった。獣人の国を統《す》べる王、黄金の獅子、そんな彼の肩書きと獣人らしい外見から横暴な性格を予想していた。

コーネリアを案じて剣の柄に手を掛けていたルイも、これは意外だと言いたげに目を丸くさせている。

「そこの二人が側仕《そばづか》えか」

「は、はい。兄妹で私に仕えてくれている、騎士のルイと、メイドのソニアです」

コーネリアに紹介され、ソニアとルイが慌てて彼女のもとへと向かうとエドガルドに対して頭を下げた。

銀の髪のソニアと、褐色の肌に赤銅色の髪のルイ。並んだところで兄妹とは思えないだろう。ルイとの関係を言及されるだろうか……とソニアの胸に不安が湧《わ》く。身の上話はあまりしたくない。

血の繋がらない、それどころか親の顔すらも覚えていない兄妹。孤児院の出だと知られれば、「そんな者を城に連れてくるな」と咎《とが》められる可能性だってあるのだ。

だがエドガルドは言及することなく、一度頷くだけで済ませてしまった。

「お前達も長旅ご苦労だった。慣れぬ土地で疲れただろう、今日はもう休め」

退室を促され、ソニアは困惑を隠しきれずコーネリアを見つめた。

下がれと言われて「では失礼します」とはいかない。コーネリアはいまだエドガルドの前におり、彼女に退室は言い渡されていない。

その立場からしてみれば当然だろう。式こそ挙げてはいないが二人は既に婚約を交わした身。つまりコーネリアはエドガルドの妻なのだ。

たとえ今この瞬間が初めて顔を合わすものだとしても、恐れを抱くほど威圧的な獅子の姿であっても……。

それでも嫁入りをしたのだから、寝食を共にせねばならない。

言われずとも誰より理解しているのだろう、コーネリアの表情には困惑と怯えの色が見える。だがそれすらも押し隠し、ソニアとルイの方へと視線を向けると苦しそうに微笑んできた。

自分は大丈夫だからと宥めてくるその声はいつもより弱々しく、この声のいったいどこが大丈夫だと言うのか。

せめて今日一晩ぐらいはとソニアがエドガルドに頼もうとするも、それより先にエドガルドがコーネリアへと視線を向けた。ベール越しにじっと見つめ、何かを察したのか「そうか」と呟く。

「まだ俺が怖いか」

「そ、そんなことはありません……」

「いや、仕方ないことだ。婚約はしているのだから後は急くことでもない。慣れるまで夜は共に過ごさなくて良い」

そう話すエドガルドの声色は低く太いが、かといって怒りや不満の色はない。コーネリアを案じ、諭《さと》すような優しささえ感じさせる。

それでもコーネリアは負い目を感じるのか、食い下がるようにエドガルドを呼んだ。「陛下」と、その声はやはり震えており、彼女の立つ瀬のなさが痛いくらいに伝わってくる。

エドガルドが怖い、だが自分の立場では彼を拒否できず縋《すが》るしかないのだ。

そんなコーネリアの呼びかけに、エドガルドが僅かに瞳を細めた。

「そんな悲痛な声で俺を呼んでくれるな」

「申し訳ありません。ですが、私はもう覚悟の上で……」

「謝らなくていい。それに、俺は諦《あきら》めたわけではない。お前が俺に慣れる日を待つだけだ」

宥めるような声と共に、エドガルドの手がコーネリアへと伸ばされる。

頬に触れようとしたのか。だがベールをめくろうとした瞬間、コーネリアがビクリと体を震わせた。小さな悲鳴を漏らし、恐怖と拒絶から身を捩《よじ》る。

その瞬間、ソニアとルイが同時にコーネリアを呼んだ。ソニアはコーネリアの腕を取り、自分のもとへと引き寄せ自らの体で覆う。ルイは素早く剣を抜き、コーネリアとソニアを庇うようにエドガルドとの間に割って入った。

咄嗟の二人の行動に、室内がシンと静まり返る。

次いで聞こえてきたのは、エドガルドがふっと笑う軽い音。見れば、彼は剣を向けられているというのに身構えすらしていない。

「そう怖がるな。とって食おうなどしない」

「陛下、申し訳ありません。ソニアもルイも、大丈夫だから落ち着いて。ほら、二人はもう部屋に戻って休んでいてちょうだい」

慌ててコーネリアが宥めてくる。

その声にようやく我に返り、ソニアは彼女から手を放すとすぐさまエドガルドに頭を下げた。ルイも同様、剣を鞘《さや》に戻すと彼から距離を取る。

咄嗟に行動してしまったが、一国の王を相手になんて態度を取ってしまったのか。

「も、申し訳ございません。コーネリア様は人に触れられるのが苦手で、特にお顔は……」

「なるほど、そういうことか。俺が怯えさせてしまったんだな」

「私達が事前にお伝えしておくべきでした。私もルイも無礼な真似《まね》をしてしまい申し訳ございません。どうかお許しを……」

怒られるだろうか。いや、怒られる程度で済む話ではない。

そんな不安を抱くも、告げられたエドガルドの「感謝する」という言葉に、ソニアは訳が分からず顔を上げた。

無礼を咎められこそすれ、感謝される理由はない。

「ルノア国でのコーネリアの扱いは多少だが聞いている。あまり好ましいものではなかったようだな」

「それは……」

「今までもそうやってお前達が庇っていたんだろう。我が妻を守り抜いた側近だ。どうして咎めねばならない」

獣らしい口から発せられているとは思えないほど穏やかな声で告げ、エドガルドが再びコーネリアへと手を伸ばす。

今度はゆっくりと。そうしてベールの前で一度止めると、爪《つめ》の先でベールを軽く揺らして

「これに触れるのは平気か？」と確認を取ってきた。

低く、深く、だが優しい声だ。

問われ、コーネリアがゆっくりと頷いた。

ふわりとベールが揺れる。その端をエドガルドの指が掴んだ。体同様に黄金色の毛で覆われた太い指、鋭利な爪。それが薄いベールを大事そうに摘む。

そうしてエドガルドはゆっくりと身を屈《かが》めると、手の中にあるベールの裾《すそ》に顔を寄せた。碧色の瞳が愛《いと》おしそうにベールの裾を見つめ、ゆっくりと閉じられる。

「落ち着くまでは自室で夜を過ごすがいい」

「そんな、いけません。私は覚悟のうえエドガルド陛下に嫁いだのです」

「だからこそ俺は待とう。これから幾千の夜を共にするのに、たった数夜を捧《ささ》げられずなにが夫だ」

「エドガルド陛下……」

「焦《じ》らされるのは嫌いじゃない。お前から触れてくれる日の楽しみが増す」

囁くように告げ、エドガルドがベールの裾に一度口付けをした。

その姿に思わずソニアが息を呑む。エドガルドは恐ろしい見た目に反して紳士的で、それでいて碧色の瞳と低い声は誘うように蠱惑《こわく》的だ。彼の言葉に安堵を抱く反面、今すぐにコーネリアを攫《さら》われてしまいそうな気がする。

これは色香というものだろうか。真っ向から向けられていたら目眩《めまい》さえ起こしかねないほどだ。

直撃しなかったソニアでさえこれなのだから、真正面か喰《く》らったコーネリアは堪《たま》らないだろう。案じてソニアが様子を窺えば、ベールの下からか細い返事が漏れ出てきた。


「なんだか不思議な方でしたね」

そうソニアが声を掛ければ、隣を歩いていたコーネリアがコクリと頷きベールを揺らした。

場所は先程の大広間を出て、コーネリアの部屋へと向かう途中。

あの後エドガルドはソニア達三人に退室を言い渡した。コーネリアも含めて三人だ。

「今夜は三人で過ごすといい」という気遣いに、コーネリアがベール越しでも分かるほどに安

堵したのがソニアにも分かった。

本来であれば夫となる男と過ごすべきだ。それを逃《のが》れたことに安堵するなど侮辱《ぶじょく》していると咎められてもおかしくない。

だがエドガルドはそれを咎めるどころか、「また明日」とコーネリアに告げるだけだ。なんて寛大な王なのだろうか。それでいて去り際に「ルイ、お前はちゃんと夜は部屋に戻れ」と命じるあたりに独占欲が隠し切れていない。

寛大で温情がありつつ、長年の側仕えであっても異性が妻と夜を共に過ごすのは許さない。その差は人情味を——その言葉が彼等にも当てはまるのかは分からないが——感じさせる。最初こそ怯えを抱いていたコーネリアもその差にあてられたのか、彼とのやりとりを思い出すようにゆっくりと息を吐きながら「素敵な方ね」と呟いた。

己の気持ちを吐露したと言いたげな声色で、口付けをされたベールの裾に指先で軽く触れる。ふわりと揺れる軽いベールだ。これをエドガルドは愛おしそうに手に取り、コーネリアの代わりにと言いたげに口付けをした。

「エドガルド陛下に触れられた瞬間、くらくらとしてしまったわ」

「フェロモンですね。フェロモンは相手を狂わせるんですよ」

「ソニア、そんなことをどこで学んだの……」

教育に悪い、とコーネリアが嘆く。まるで娘の素行を案じる母のようだ。

そんな彼女を横目に、ソニアは小さく安堵の息を吐いた。

持参金も雀の涙、見送りの馬車にさえ置いていかれる哀れな政略結婚。そもそもヘイルドが国を乗っ取るために仕組んだこと。それを考えればコーネリアはまさに生贄だ。

だがそんな生贄のコーネリアをエドガルドは紳士的に受け入れてくれた。そしてコーネリアもまた、彼に対して好意を抱き始めている。

よかったとソニアが安堵の息を吐いた。だが次の瞬間に息を呑んだのは、コーネリアの口から「お父様」という単語が出たからだ。彼女の父親は言うまでもなくルノア国の王ヘイルド。忌々しい愚王の顔がソニアの脳裏に浮かぶ。

「お父様に無事オルデネア国に到着したと手紙を書きましょう。エドガルド陛下が紳士的な方だと知れば、お母様もきっと喜んでくださるわ」

母国の両親を思い出し、コーネリアが穏やかに微笑んで提案してくる。

だがコーネリアが手紙を書いたところで、ヘイルドはもちろん、彼女の母も喜んだりはしないだろう。そんな親ならばもっと彼女を大事にしていたはずだ。

それでも両親を信じるコーネリアの姿に、ソニアの胸が痛む。

(コーネリア様はどんなに冷遇されても王と王妃を愛している。本当は両親と一緒にいたいはずなんだわ……)

ヘイルドに言われたことを思い出し、ソニアは己の胸元を掴んだ。ブローチを握りしめればヒヤリと冷たく硬い感触が手を伝う。

エドガルドは獅子の獣人らしく体躯がよく、聞けば剣の腕もかなり立つという。前を歩くクレインが誇らしげに主人の武勇伝を語り、ルイがその一つ一つに感嘆を示している。

騎士であるクレインすら褒めるほどの腕前。

そんなエドガルドを、一介のメイドが討てるわけがない。

(だけどコーネリア様の幸せのため……。そうしなきゃ未来がないの……)

痛む胸をブローチごとぐっと押さえつけ、ソニアは両親への手紙について話すコーネリアを見つめた。


案内されたコーネリアの部屋は広く豪華なもので、立派な机や大きな洋服棚、化粧台には美しい彫り細工が施され、壁には本棚が並んでいる。それどころか客人を迎えるためのテーブルセットまで用意されており、これらが入っても十二分にスペースが残っているのだから相当だ。そのうえ寝室は別に用意されており、ベッドは大人が二・三人寝転がっても問題ないほどに大きい。

案内したクレインは当然のように部屋の説明をするが、対してソニア達は唖然としてしまった。

情けない話だが、豪華な部屋を前にどうして良いのか分からないのだ。

あの薄暗い離れではコーネリアでさえ狭い一室しかなかった。一人用のベッドと小さな机、申し訳程度の棚。ソニアとルイの部屋に至っては、ベッド以外に置く余裕などない。机や本棚を置こうものなら部屋の主《あるじ》が追い出されてしまう。

そんな離れの狭い部屋での生活が常となっていたのだ、豪華な部屋を案内されてすぐに馴染めるわけがない。

部屋の入り口に人間三人が立ち尽くす光景はさぞや奇怪に映ったのだろう、クレインが怪訝な表情でソニア達に視線を向けてきた。

「どうした？」

「これがコーネリア様のお部屋……。わ、私達三人の部屋ではなく？」

「王女とメイドと騎士を一部屋に詰め込むわけがないだろう。ここはコーネリア様のために用意した部屋だ。お前達の部屋は別にある。さすがにこの部屋ほど立派ではないがな」

「そ、そうですよね。私達の部屋なんてそんなに広くなくて十分です」

「あぁ、そう言ってもらえると助かる。広さはだいたいこの部屋の半分ぐらい、ベッドを置くから少し手狭になるな」

「この部屋の半分！」

思わずソニアが声をあげれば、その声にクレインが驚いて目を丸くさせる。彼の尻尾がボッと一瞬にして膨れ上がった。

「な、なんだ、不満か？　もっと広い部屋がいいなら、悪いが補佐官に言うか別に借りるなりしてくれ」

「いえ、不満なんてありません。むしろ広すぎて……。あ、もしかして私とルイは同じ部屋ですか？」

「バカを言うな、別々に決まっているだろ」

「……二人一部屋でも、以前に私達が生活していた部屋の倍はありますが」

かつての自室を思い出してソニアが切なげに告げれば、胸中を察したのかクレインがふいとそっぽを向いた。「もう何も言うな」という彼の声には同情の色がこれでもかと込められている。きっと彼もソニア達がルノア国でどのような扱いを受けていたのか聞いているのだろう。だが今は彼の気遣いに感謝している余裕も、ましてやルノア国での扱いを嘆いている余裕もない。

目の前には広い部屋。この部屋でコーネリアが暮らすと言うのなら、メイドである自分がすべきことは部屋を整えること。そう考え、部屋に圧倒されていた己を律して気持ちを切り替える。

「コーネリア様、さっそくですがお部屋の準備をいたしますね！　ルイ、コーネリア様のトランクを貸して！」

ここが働きどころだと自分に言い聞かせ、ソニアがルイからトランクを受け取る。ルノア国から持ってきたコーネリアの荷物だ。

それを部屋の一角にある机に置き、中から本を数冊取り出して本棚に並べ、数枚の衣類を洋服棚にしまい……。

「終わりました！」

と威勢よく答えた。この間、僅か数分である。いや、数分もなかったかもしれない。

コーネリアが「さすがソニア、働き者ね」と穏やかに褒め、ルイが「さすが我が妹、見事な働きぶり」と拍手を送ってくる。二人に褒められ、ソニアも思わず得意げに胸を張ってしまう。

唯一クレインだけが肩を竦《すく》め、「何か用があったらそこらにいる奴に声を掛けろ」と残して去っていった。


エドガルドの計らいのもと三人で夕食をとり、しばらく過ごした後に用意された自室へと向かう。

ソニアに用意された部屋もメイドの自室としては広く、ベッドも大きく柔らかい。本棚には予《あらかじ》め本が数冊用意されており、どれも年頃の女性が喜びそうな物語だった。わざわざ選んでくれたのだろうか。

それに、クッションも寝間着も、それどころかカーテンやベッドシーツさえも新品だ。見回すかぎりお古は一つもない。

さっそく寝間着に着替え、ソニアはボスンとベッドに倒れ込んだ。柔らかいベッド、見上げれば天井が高く、星の絵が描かれている。

「なんて素敵な部屋なのかしら。哀れなのかよく分からなくなってきたわ。寝間着も柔らかくて着心地がいいし。……ただ、お尻のところにある穴は縫う必要があるわね」

ぴらりと寝間着の裾を摘んでソニアが独《ひと》りごちる。

部屋に用意されていた寝間着はワンピースタイプのもので、オフホワイトの落ち着いた色合いと大きめのデザインは寝るのに最適だ。素材も上質のものを使っているのか肌触りがよく、着ているだけで眠くなってくる。

……ただ、尾骨の部分あたりにポッカリと穴が開いていたのだけが問題である。いったいなぜ穴が開いているのか。そのうえ、この寝間着だけではなく洋服棚に入っていた新品のメイド服すべてに穴が開けられていた。

おかげで、部屋に入ってまずしたことが針仕事だ。さほど手間ではなかったが、すべての服に開いていたおかげで時間は掛かってしまった。

「嫌がらせかしら……」

弱々しい声で呟き、ソニアは枕《まくら》に顔を埋めた。

王宮の通路を歩いている時、周囲から冷ややかな視線を感じていた。それに囁き合う声も。なんとも居心地の悪いものだった。

幸いコーネリアの部屋から自室へと戻ってきた時は誰にも遭遇しなかったが、もしも出会っていたら直接嫌みを言われていたかもしれない。ルノア国の王宮では、陰口どころか直接面と向かって馬鹿《ばか》にされることだってあったのだ。

「でも良いわ、気にしたら負けよ！　誰になんて言われたって、私がコーネリア様をお守りするんだから！」

ガバッと枕から顔を上げ、気合いを入れる。

自分自身に言い聞かせ、ソニアは立ち上がると窓辺に設けられた机へと近付いた。これもまた目新しく、卓上には白色の羽ペンが用意されている。

（コーネリア様が幸せになれる道を選ばなきゃ。それに、ルイにも迷惑は掛けられない）

これだけ立派なものを一介のメイドのために用意してくれたのだから感謝が募る。だが感謝以上の心苦しさを感じ、机の引き出しをそっと開けた。

そこにしまってあるのは、ヘイルドから渡されたブローチ。

常に肌身離さず持つことを命じられていたが、就寝時だけは引き出しに隠すことにした。目の届く場所に置いておきたくなかったのだ。

ちゃちな現実逃避と分かっているが、せめて自室にいる時だけは重圧から解放されたい。

「あんな男でも、コーネリア様は父と慕っている。このことを知れば悲しむわ。それに受け取ってしまった私も共犯になりかねない。そうしたらルイにも責が及ぶかも……」

仮にすべてをエドガルドに打ち明けても、コーネリアとルイに飛び火しかねない。

だがエドガルドは屈強な男だ。背格好も何もかも、ソニアでは逆立ちしたって敵《かな》わないだろう。毒を塗った針が手元にあったとして、彼の隙《すき》をつけるかは分からない。

退路もなければ、かと言って進む道もない。

あるのは脆《もろ》い足場だけ。その足場だって一歩踏み出せばすぐに崩壊するだろう。だが立ち尽くすことも許されない。

「どうすればいいの……」

か細い声でソニアが呟いた。誰かに助けを求めたいが、いったい誰が助けてくれるというのか。

そうしてゆっくりと顔を上げ、

「……あれって」

と、窓の外に覚えのある姿を見つけて小さく呟いた。

月明かりの下、黒豹の獣人が歩いている。

建物の影を歩けば黒毛に覆われた彼はまるで闇《やみ》に溶け込むように姿を消し、そしてまた月明かりを受けて姿を現す。

消えては現れ、また消えて……と歩く様子はなんとも不思議なもので、ソニアは惹《ひ》かれるように窓を開けた。

ふわりと夜風が入り込み、白いレースのカーテンが揺れる。

「……クレインさん」

ソニアがその名前を口にした。

呼んだわけではない。ただ何となく、彼の姿を見ていて口にしてしまったのだ。そもそもあの黒豹の獣人が本当にクレインなのか定かではないのに。

だがその声に歩いていた獣人がピタリと足を止めた。そのうえまるで呼ばれたかのようにこちらを向くではないか。

夜の暗さの中、それでも彼がじっと見つめてきているのが分かる。

(まさか聞こえていた？　でもここ三階よ……!?)

信じられないとは思いつつ、慌てて洋服ダンスからカーディガンを取り出して羽織る。

そうして再び窓辺へと戻ろうと振り返り、そこに座るクレインの姿にビクリと肩を震わせた。

当然のように彼は窓枠に腰かけ、自分の尻尾を掴んで毛先を整えている。不安定な窓枠だというのにまるで椅子《いす》に座っているかのような姿だ。

だがここは三階である。

思わずソニアが目を丸くさせれば、今度は彼が怪訝そうに瞳を細めた。獣人ゆえ眉こそないが、眉間の位置に皺が寄っている。

「呼ばれたから来たのに、その表情は何だ」

「え、だって……その……ここ、三階ですよ……」

「あぁ、三階だな」

しれっと言い切るクレインに、ソニアは混乱しつつも彼へと近付いた。

念のためにと彼越しに確認すれば、やはり三階だ。目がくらむ高さとまでは言わないが、覗き込むには臆してしまう高さである。

それをクレインは「呼ばれたから」と一瞬にして登ってしまったのだ。

「……今日は色々とありすぎて、何に対して驚いていいのか分からなくなってきました」

ほっと息を吐くようにソニアが呟き、椅子に腰を下ろした。というより、あれこれと目まぐるしくて立っている気力がなくなったのだ。

たった一日だが、世界が一転したかのような一日だった。あの古びた離れで三人ひっそりと生活していたのがまるで遠い昔のようではないか。

だがそれを話してもクレインは今一つピンときていないようで、黒毛の尻尾をゆらゆらと揺らしながら、それでも「長旅大変だったな」と労ってきた。どうやら、今のソニアは長旅の疲労が祟《たた》っていると考えたようだ。自分がその一端を担っているなど思ってもいないのだろう。

「クレインさんは、寮に帰る途中ですか？」

「夜警だ。俺は騎士隊の中でも夜目が利くからな」

「私達の迎えのうえに夜警なんて大変ですね」

「ただの散歩と変わりない。……それと、その畏《かしこ》まった口調をやめてくれ、落ち着かない」

「畏まった口調ですか？」

いったい何のことかとソニアが首を傾げて問えば、クレインが瞳を細めて「それだ、その口調」と訴えてきた。

しきりに尻尾を撫でつけているのは、畏まった口調で話されると寒気がして毛が逆立つからだと言う。人間で言うところの『総毛立つ』といったところか。なるほど、獣人は全身を覆う毛が逆立つのだから分かりやすい。

「さすがにコーネリア様には俺だってきちんとした対応を取る。だがお前とルイは勘弁してくれ」

「私は別に構いませんが、クレインさんはそれで……。あっ」

しまった、とソニアがパタと己の手で口を塞ぐ。

『畏まった口調でなくて良いんですか？』と、畏まった口調で問おうとしてしまった。

見ればクレインが恨みがましげな瞳でこちらを睨んでいる。彼の尻尾が日中に見たときより太く見えるのは、ソニアの畏まった口調を聞いて毛が逆立ってしまったからだろうか。

なんだか申し訳なくなり、ソニアはコホンと咳払《せき》いをして仕切り直しをすると「クレイン」と改めて彼を呼んだ。

誰かを呼び捨てにするなど、ルイ以外になかったことだ。ルノア国の王宮に仕えていたメイド達は常に遠巻きに見て陰口を叩いてくるだけで、呼び捨てや砕けた話をするような仲ではなかった。そもそも彼女達とはそんな仲になろうとも思わなかった。

だからこそクレインを呼び捨てにすることが妙に落ち着かない。だが不思議と嫌な気持ちにならないのは、彼が獣人ゆえか、もしくは彼が本心から話していると分かるからか。それとも、名前を呼ばれたクレインが嬉《うれ》しそうに瞳を細めたからだろうか。

その表情は恐ろしい黒豹よりも人懐こい黒猫に近く、「可愛い」とソニアは心の中で呟いた。

彼は自分よりも一回りどころか二回り近く大きく、体躯のよい鍛え上げられた騎士なのに。そもそも、彼は獣人、それも黒豹だ。

そんな彼を「可愛い」とは、なんとも不思議な話ではないか。

それもまた気恥ずかしく思え、ソニアは慌てて「そういえば」と話題を変えた。

「今日は迎えに来てくれてありがとう」

「別に当然のことだろう」

「でも……。私達の迎えなんて嫌な仕事だったでしょう」

俯きがちにソニアが告げる。

思い出されるのは、迎えの馬車に乗る前のバルテの話。

お喋りな彼は怒濤の勢いで喋り、その最中にクレインの無愛想さについて話していた。

『せっかく王女のお迎えに選ばれたというのに最後まで嫌だ行きたくないと駄々をこねる子供のように拒否して、引きずって乗せるのにどれだけ苦労したか』

そうバルテは語っていた。

もしかしたら、拒否していたのはクレインだけではないかもしれない。誰もが拒否する中、最終的に彼が無理強いされた可能性だってある。

王宮内を歩いていた時に聞こえてきた囁きを思い出し、ソニアは小さく溜息を吐いた。

歓迎されるはず……なんて驕《おご》っていたわけではない。敵意を抱かれるかもしれない、嫌悪されるかもしれない、そんな覚悟はしていた。お座なりな扱いを受けることだって想定していた。

（……そのはずだけど、実際に突きつけられると胸が痛い。まだ私にも傷つく余裕があったのね）

自分の甘さを自虐的に笑う。

そんなソニアに対して、話を聞いたクレインは再び眉間あたりに皺を寄せ「嫌な仕事だった」と呟いた。唸るような彼の声色に、ソニアの胸にズシリと鉛《なまり》のような苦しさがのしかかる。

やっぱりと思いつつ、心が痛む。

ブローチを外していてよかった。もしつけていたら、二重の重みに心が潰《つぶ》れていたかもしれない。

「そうよね、私達の迎えなんて嫌よね……」

「合流場所に着くまで、バルテ補佐官と馬車の中で二人きりだ。これを嫌がらない奴はこの国にはいない」

「クレインが嫌な役を押しつけられて……。え？」

「嫌な役に決まってる。バルテ補佐官は一人で喋り続けるくせに話を聞かないと文句を言ってくる。俺はこの通り無意識に耳が動くから、話を聞いていないとすぐにバレて文句を言われるんだ。その文句もまた長い」

「迎えは嫌な仕事だったのよね。それは私達を嫌っていたからじゃなくて？」

「なんで会ったこともないのに嫌うんだ。俺が嫌がったのは補佐官と二人きりになるからだ。むしろそれだけだ、そしてあんなのは二度とごめんだ」

まくし立てるように断言するクレインの口調は、随分と荒々しい。

それほどまでだったのだろう。ソニアは馬車の中でのバルテの喋る勢いを思い出し……思わず頷いてしまった。

王宮へと向かう馬車の中、彼は一人で延々と話し続けていた。話題はあっちからこっちへ、時折は意見を求めてくるものの、こちらが話をしている最中にまた喋り出す。

そんなバルテと、馬車という密室で二人きり……。

なるほど、これは苦行でしかない。ソニアも命じられれば難色を示すだろう。

「それなら、私達の迎え自体は嫌じゃなかったの？」

「あぁ、むしろ光栄な仕事だろう。そもそも本当はエドガルド陛下自ら迎えに行く予定だったんだ。……だけど」

曰く、ソニア達の迎えを決める際に会議が開かれたらしい。

王妃の送迎なのだから当然と言えば当然。相応の身分の者が立ち会わねば失礼にあたる。

そこで誰が同行すべきかという話になったのだが……。

「エドガルド陛下は自ら行かれる気で『当然俺が』と言いかけたんだ。だがそれを遮ってバルテ補佐官が喋り出した」

「王さえも遮って……!?」

「補佐官は自らが喋るためなら誰であろうと遮るからな。だがたとえお喋りだろうが補佐官は外交に優れた方だ。他国の王女を迎えに行くのに適した人物でもある」

「それでバルテ補佐官に決まったのね。それなら陛下は？」

「補佐官に決まった瞬間、陛下が露骨に余所《よそ》を向いた。と言うか会議室にいた全員が補佐官から顔を背けた」

「それでクレインが行くことに……」

「あの中で俺が一番若かったからな」

押しつけられた時のことを思い出しているのか、クレインの黒毛に覆われた耳がペタリと伏せられる。尻尾がタンタンと小刻みに窓縁を叩いているが、これは不満や腹立たしさからくるものだろうか。

その姿に、笑ってはいけないと分かっていてもソニアは思わずふっと笑い出してしまった。口元を押さえるも隠しきれず、笑っていることに気付いたのだろうクレインの尻尾が先程より早く窓縁を叩く。

そんな尻尾の動きを眺め、ソニアはもしやと自分の着ている寝間着に視線を落とした。腰元には穴を縫い繕った跡がある。

「もしかして、服の穴って……」

「穴？」

「このパジャマも、用意してもらったメイド服も、全部腰のあたりに穴が開いているの。もしかして、これって尻尾を通す穴？」

「それがどうした？　位置が悪いなら仕立て直しに……」

仕立て直しに出せ、とでも言いかけたのか、クレインが言葉の途中で口ごもる。

次いでソニアに視線を向けてきた。頭から爪先《つまさき》まで念入りに眺めているのか、ゆっくりと彼の金色の瞳が動く。

これはきっと尻尾の有無を確認しているのだろう。当然人間には尻尾がないのだが、ここはもう人間が当然の国ではないのだ。現に彼の腰元では黒毛に覆われた尻尾がゆらゆらと揺れている。

　思い返せばエドガルドにも尻尾があった。黄金の獅子らしい黄金の尻尾。全体が黒毛に覆われたクレインの尻尾と違い、エドガルドの尻尾は細身で長く、それでいて先端には穂先のように黄金の毛束がついていた。

　バルテは鳥ゆえに尻尾はないが、そのかわりなのか立派な尾羽を有している。彼の鮮やかな色合いをそのまま延長させたような派手な尾羽だ。

　ここは獣人の国。尻尾や尾があることはおかしなことではなく、ならば衣服に尻尾用の穴が開いているのが基本なのかもしれない。

　そうソニアが尋ねれば、クレインが頷いて返してきた。どうやら正解だったようで、この国では衣服とは尻尾用の穴が開いていて完成とされる。むしろ『穴を開け忘れて不良品』という案件まであるというではないか。

「出来上がった洋服に穴を開けるなんて、私達からしてみれば勿体《もったい》ない話だわ」

「勿体ないと言われても、尻尾を出さないと着れないんだから仕方ないだろ。だが言われてみれば確かに、人間には尻尾がないんだから服に穴を開ける必要はないんだな。メイド達に伝えておこう。明日の朝には繕いに来るはずだ」

「大丈夫よ。私は自分でできるし、コーネリア様の分は私が繕うわ。他の方の迷惑になっちゃうし」

慌ててソニアが制止する。

余計な手間をと思われたくない。それも、人間と獣人の違いでとなれば溝を広げるだけだ。もしかしたら「人間相手は面倒くさい」と思われてしまうかもしれない。

だがそんなソニアの考えに気付かず、クレインが「迷惑なものか」と言い切った。

「コーネリア王女やお前と話をするまたとない機会だ。メイドがこぞって部屋に来るぞ」

「そんなことないわ……。だって、みんな陰から見てるだけで、話しかけてもこなかったじゃない」

「あぁ、王宮を案内してる時か。あれはほら、あの時はいただろう」

「いた？　誰が？」

「バルテ補佐官が。迂闊《うかつ》に話しかければ捕まって喋り倒されるから、みんな近付けずに遠巻きに見ていたんだ」

「どうしてこの王宮はそこまで補佐官を恐れているの？」

「十日後にまだ同じ疑問を抱いていたら答えてやろう」

クレインの耳が伏せられる。きっと彼の脳内でバルテが喋りだしたのだろう。黒豹らしく勇ましい顔が、うんざりだと無言で訴えてくる。

そんな彼を見つめ、ソニアはしばし考え……肩の力がふっと抜けるのを感じた。

クレインが迎えに来るのを嫌がっていたのは、自分達を嫌っていたからではなかった。

王宮にいた者達が遠巻きに見てきたのは、自分達を避けていたからではなかった。

パジャマに開いた穴も、メイド服の穴も、嫌がらせではなかった。

すべてソニアが勝手に後ろ向きに考えていただけだ。

きちんと話を聞けば、こんなにもあっさりと解決してしまった。


「私、なんだか難しく考えすぎていたのかも……」

ポツリと呟けば、それを聞いたクレインが肩を竦めた。彼にはさっぱりわけの分からない話だろう。

それでも「解決したならよかった」と話す優しさに、ソニアも穏やかに微笑んで返し……はっと息を呑んだ。

「ルイにも服の穴のことを教えなきゃ！」

「あいつに？　確かに、あいつの騎士服にも穴は開いてるから繕う必要があるな」

「コーネリア様は私が朝一にお部屋にお伺いするから問題はないけど、ルイは服を着て部屋を出ちゃうわ。朝が弱いからきっと気付かないはず……！」

尻尾のない人間が、尻尾用の穴に気付かず服を着たらどうなるか。

精悍さと勇ましさを漂わせる騎士服の一部、ぽっかりと開いた穴から下着を晒すことになる。

兄の悲惨な姿を想像しソニアが青ざめれば、対してクレインがぶはっと勢いよく吹き出した。楽しそうに笑いだし、はてには笑いすぎてバランスを崩して窓枠から落ちかけている。

すんでのところで窓枠を掴み、彼の黒毛の尻尾がカーテンに絡まっている。尻尾も掴まっているうちに入るのだろうか。もしもクレインが窓から落ちて尻尾だけがカーテンを掴んだとしても、どちらかと言えばカーテンレールごと落ちる気がするが。

「す、すまん、バランスを崩した。悪いんだが手を貸してくれないか」

「笑うなんて失礼ですよ、クレインさん。どうぞそのまま退室されてご公務に励んでくださいませ」

「やめてくれ、その口調で話されると寒気がして力が抜ける……！　笑って悪かった！」

落ちる！　と謝罪と共に助けを求めてくるクレインに、ソニアは仕方ないと肩を竦めて彼の腕を掴んだ。

グイと勢い付けて引っ張ってやる。意外と毛が硬い、と、そんなことを考えてしまったのは黙っておくべきだろう。

そうして一息つけば、クレインがコホンと咳払いをした。彼の耳が伏せられているのは、落ちかけた自分を恥じているのか、それとも笑ったことを申し訳なく思っているのか。

「ルイには俺から言っておいてやろう」

「いいの？」

「同じ騎士寮だし部屋も近いから、戻り際に声を掛けるぐらいなら手間でもない。さすがに俺達も尻尾の穴から下着が見えてるのを指摘するのは気が引ける」

クレインがにやりと悪戯《いたずら》っぽく笑う。なんとも悪い笑みではないか。見た目は大きな黒豹なのに、喜怒哀楽《きどあいらく》は人間より顕著だ。

だがルイに忠告してくれるのは有難い。ソニアも、兄が下着を晒しているのを指摘するのは避けたいところだ。

「それなら、お願いね。クレイン」

「あぁ、任せろ。それじゃ俺は夜警に戻る。邪魔したな」

別れの言葉を告げてくるクレインに、ソニアも返そうとし……「あの」と話を止めた。

金色の瞳がどうしたのかと尋ねてくる。黒豹らしい瞳だ。まだじっと見つめられると緊張してしまうが、恐れる必要はないと自分に言い聞かせて見つめ返した。

彼と話をしていなければ、きっと自分は疑心暗鬼《ぎしんあんき》に陥ったまま明日を迎えていただろう。歓迎されていないと決めつけ、ありもしない陰口を聞き、屈するものかと不要な闘志を抱いて穴を繕い、そして明日の朝一に憤りのままにコーネリアの部屋に飛び込んでいたはずだ。想像しただけで気分が重くなる。

だが今は不安や憤りは解消された。それもすべて、クレインと話をしたからだ。

「ありがとう。貴方《あなた》が今夜来てくれて、話ができてよかった」

彼の金の瞳を見つめ、心からの感謝の言葉を告げる。

それに対し、クレインは僅かに目を丸くさせ……「別に」とふいとそっぽを向いてしまった。

「夜警の最中に寄り道なんてよくあることだ」

「そうなの？　結構自由なのね」

「あ、あぁ……。だから気にするな。じゃぁな」

あっさりと別れの言葉を口にし、クレインがひょいと窓枠から飛び降りてしまった。

ソニアが思わず声をあげ、先程まで彼が座っていた窓辺に飛びつく。軽々と飛び降りてしまったが、ソニアの部屋は三階、容易に飛び降りられる高さではない。

……のだが、建物の下ではクレインが平然と立っているではないか。高所から着地したというのに怪我一つ負っている様子もなく、まるで道を歩いていてふと立ち止まったような様子だ。

彼の姿を確認し、ソニアが安堵の息を吐く。

そうして囁くような声で、

「おやすみなさい、クレイン」

と告げれば、この声も黒毛に覆われた耳には届いたのか、夜の闇のなかで黒豹が片手を上げた。

【第二章】『温かくもふもふな生活』

オルデネア国で始まったソニア達の新生活は、おおむね……どころか、ルノア国での生活が嘘《うそ》のように快適だった。

嫌われていると勘違いしていたのが申し訳なくなるほど、メイドや侍従達は親しみをもって接してくれる。陰口もどれだけ耳を澄ませたところで聞こえることなく、それどころか耳を澄ませていると通りがかったメイドがちょこちょこと隣に立って「何か面白いものでもあったの？」と同じ方向を眺めだす。

そんな中で、ルイは騎士として務め、コーネリアは王妃としての勉学に励んでいた。ソニアも彼等に負けじと、時に他《ほか》のメイドと共に王宮の仕事をこなし、時にはコーネリアの補佐に励んでいた。

コーネリアが初めて国民の前に姿を見せることになったのは、そんな矢先のことである。

きっとエドガルドはコーネリアが落ち着くのを待っていてくれたのだろう。その気遣いをソニアが感謝すれば「そろそろ妻を自慢したくなっただけだ」と断言されてしまったのだが。

そうして当日、ソニアはそわそわと落ち着きのないコーネリアの隣に座り、彼女を宥《なだ》めていた。

金色の刺繍《ししゅう》が施されたオフホワイトの豪華なワンピース。大振りの金のティアラには碧《あお》色の宝石がはめられており、遠目からでも華やかさが分かる。ベールも今日は特別な布を使っており、風に揺れると細かな光が浮かんだ。ティアラとベールの組み合わせは神秘的な美しさすら感じさせ、『顔を隠している』とは思えない。むしろ今日のコーネリアを切っかけにティアラとベールが流行してもおかしくないほどだ。

それらはすべて、今日のためにとエドガルドが用意させていた特注のドレスだという。

それを纏《まと》うコーネリアの姿のなんと美しいことか。ただでさえ美しいコーネリアが、今は淡く輝く太陽のように見える。

ソニアが感嘆の吐息を漏らしつつ「美しいですね」と告げれば、コーネリアが穏やかに笑った。だがその表情には隠しきれぬ緊張の色が見え、柔らかな輝きを見せるドレスを見下ろす表情にもどこかぎこちなさがある。

「こんなに豪華なドレス、着たのはいつぶりかしら。わざわざ用意していただくなんて申し訳ないわ……」

「とてもよくお似合いです。まるで太陽のよう……いえ、コーネリア様は私とルイにとっての太陽です！」

る。

「ソニアってば大袈裟《おおげさ》なんだから」

大仰に褒められて恥ずかしくなったのか、コーネリアが「そんなに言わないで」と止めてく
初お披露目というそれだけで緊張する場で、慣れない豪華なドレスを纏う。そのうえ太陽と
まで言われ、もとより落ち着かないところに気恥ずかしさまで加わったのだろう。

もっとも、ソニアは本気でコーネリアを太陽だと思っているのだが。

(身寄りのない私とルイを救ってくださったんだもの。コーネリア様は太陽以外のなにものでもないわ！)

緊張するコーネリアとは逆に、ソニアの気合が満ちていく。

もっとも、いかに気合が満ちたところで、一介のメイドであるソニアにはやることはない。

これは王妃コーネリアのお披露目。

まずエドガルドがテラスへと出ていき、集まった国民に王妃を迎えたことを告げる。次いでコーネリアが彼の隣に立ち、夫婦が並ぶ姿を国民に見せる……と、儀式とまではいかずとも、きちんとした手順がある。

当然だがメイドの登場シーンはない。ソニアは背後から見守るだけだ。

「後ろに控えておりますので、何かあればすぐに呼んでください！」

「そうね。ソニアとルイがいてくれるなら心強いわ」

穏やかにコーネリアが微笑《ほほえ》む。

それとほぼ同時に扉がノックされた。ソニアが扉へと向かい、ゆっくりと開ける。

そこにいたのは濃紺の正装を纏うエドガルドだ。

もとより体躯《たいく》の良い彼が威厳ある服装を纏う。黄金の毛はいつもより輝きを増し、その姿にソニアは臆《おく》すように僅《わず》かに後ずさった。

その屈強さに、見上げるほどの逞《たくま》しさに、彼から漂う王の威厳に……すべてに圧倒されてしまう。

「コーネリアの準備は終えたか？」

「は、はい……。滞りなく」

「そうか。ご苦労だったな」

労《ねぎら》いの言葉を告げ、エドガルドが室内へと入っていく。一直線にコーネリアのもとへと歩いていくあたり、着替えを待ち望んでいてくれたのだろうか。

彼の後に続くようにルイが現れ、コーネリアの姿を見ると吐息を漏らした。

「コーネリア様、綺麗《きれい》だな」

「ええ、本当に立派だわ。でも見惚《みほ》れていちゃだめよ。何かあった時には私達がコーネリア様をお守りするんだから！」

意気込んでソニアが告げれば、ルイが同感だと頷《うなず》く。腰から下げた剣の柄に手を添えているのは、やる気を証明するためだろうか。ルイから張り詰めた空気が漂い、瞳《ひとみ》には覚悟の色が見える。

そんな中、横からひょいと黒豹《くろひょう》が割って入ってきた。クレインである。金色の瞳で、呆《あき》れたと言いたげにソニアとルイを見つめている。

「お前達兄妹はどうしてそう血気盛んなんだ」

「クレイン」

「何かあったらなどと縁起でもない。それにコーネリア様の隣にはエドガルド陛下がいらっしゃるんだ」

だから平気だとクレインが断言する。

そこには自国がいかに平和かを誇り、そして平和を保つ王への信頼が見て取れる。コーネリアと話すエドガルドを眺める様子も穏やかだ。

いや、信頼と忠誠が見れるのはクレインだけではない。彼等と一緒に部屋に入ってきた騎士達も、コーネリアの着替えを手伝っていたメイド達も、皆が嬉《うれ》しそうにエドガルドとコーネリアを見つめている。

（エドガルド陛下は慕われているのね。それほど信頼できる王に仕えられるなんて、オルデネア国の人達が羨《うらや》ましい……）

ソニアの脳裏に、ルノア国の王であるヘイルドの顔が浮かぶ。コーネリアの父親とは思えない、下卑て欲まみれの男だ。彼を信頼などできるわけがないし、対面しても今のオルデネア国の者達のような穏やかな表情は浮かべられないだろう。

「素敵な王に仕えられて、クレインが羨ましいわ……」

溜息《ためいき》交じりにソニアが告げる。つい漏れ出てしまった本音だ。

それに対してクレインが「王に？」と聞き返してきた。自分の迂闊《うかつ》な発言に、慌ててソニアが口元を押さえる。

自分自身でおかしなことを言ってしまったと分かる。

だがそんなソニアに対して、クレインは不思議そうにソニアとエドガルドを交互に見る。

「羨ましいもなにも、ソニアもエドガルド陛下に仕えているだろ」

「……私も？」

「そうだ。まぁ、お前達兄妹はコーネリア様に仕えてると言い出すかもしれないが、オルデネア国に来たからには一応エドガルド陛下に仕えてることになるんだからな」

当然のことだと説明してくるクレインの話に、ソニアはきょとんと目を丸くさせた。

だが確かに、コーネリアのお付きとはいえオルデネア国に来たのだから、ソニアが仕えるのはヘイルドではなくエドガルドだ。

現にルイはその自覚をしているのか、いまだ唖然《あぜん》としているソニアを見て「我が妹ながら抜けてるな」と茶化してくる。彼はすでにエドガルドに仕え、だからこそ驚くソニアを笑っているのだ。

……だけど。

(これじゃあ、私だけまだルノア国にいるみたい)

自分だけ置いていかれた気がして、ソニアの胸に不安が湧《わ》く。

だがその不安も、わぁ！　と一瞬にして聞こえてきた歓声にかき消された。

見ればエドガルドがテラスに出ており、片手を軽く上げている。

きっと彼の眼下には山のような数の国民がいるのだろう。声を聴くに数十どこか百は優に超えていそうだ。

そんな獣人達からの歓声を一身に浴び、それでもエドガルドは堂々としている。正装を纏った背中からは威厳が感じられ、ただでさえ大きな背がさらに偉大に見える。

ソニアがテラスへと寄れば、彼の背後に控えているコーネリアがコソと「凄《すご》いわね」と話しかけてきた。

「コーネリア様、大丈夫ですか？」

「緊張しているけど、思ったより落ち着いてるわ。それに見て、エドガルド陛下の立派な姿。あの隣に立つのならきっと大丈夫だわ」

コーネリアがテラスに立つエドガルドへと視線を向けた。

ベール越しに見える彼女の横顔は麗しく、瞳は穏やかに黄金の獅子を見つめている。

その視線に気付いたのか、もしくは国民への話を終えたのか、エドガルドがくるりとこちらを向いた。黄金の毛に覆われた獅子《しし》の手がコーネリアへと差し伸ばされる。

それを見て、コーネリアが「行ってくるわね」と歩きだした。ふわりとドレスの裾《すそ》が揺れ、ベールが細かに輝く。

颯爽《さっそう》と歩きだすコーネリアに、慌ててソニアが後を追った。

もちろんテラスまでは出られないので、ギリギリ国民には見えない位置で窓枠にしがみつく。

沸き上がる歓声はコーネリアを迎えてのものだ。一つ一つを聞き分けるのは不可能だが、どれもが喜びに溢《あふ》れ、中にはコーネリアの名を呼んでいる声すらある。

テラスに立つコーネリアも幾分落ち着いており、エドガルドの横で国民に手を振っている。

なんと堂々とした態度なのだろうか。

「コーネリア様、ご立派だな」

とは、ソニアの横に立つルイ。

安堵《あんど》の表情を浮かべ、テラスに立つコーネリアを眺めている。

ソニアも彼と共にほっと安堵し……、
ヒュンッ！　と軽い音を立てて何かがテラスへと投げ込まれたのを見て息を呑《の》んだ。

咄嗟《とっさ》に「コーネリア様！」と声をあげると共に彼女のもとへと駆け寄る。

ルイも剣を抜き、ソニアと共にコーネリアへと向かう。

次の瞬間、二人がテラスへと出たとほぼ同時に、空で弧を描いた花束がポスンと足元に落ちた。

……花束である。

白い花でまとめられた、こぶりながら美しい花束だ。赤いリボンも巻かれており、白い花と包み紙によく映えている。

それを投げ込まれたのだと知り、ソニアとルイがほぼ同時に「花束」と呟《つぶや》いた。

コーネリアが足元の花束を拾い上げ、その美しさを愛《め》でるように顔を寄せる。両腕に抱きしめて手を振れば再び歓声が沸き上がった。

その光景をソニアとルイは唖然と眺め……「おい！　なに考えてるんだ！」という背後からの声ではたと我に返った。大声で叫びたいが状況が状況なだけに大声を出せない、そんな歯痒《はがゆ》さを感じさせる声だ。

振り返れば、窓枠に身を隠したクレインの姿。先程までソニアがコーネリアを見守るために身を寄せていた『ギリギリ国民には見えない位置』である。

彼はそこに身を寄せ、ソニアとルイを呼んでいる。

……テラスに出てしまったソニアとルイを。

しまった！　とソニアが一瞬にして顔色を青ざめさせた。コーネリアを守ろうと咄嗟にテラスにまで出てきてしまったのだ。そのうえ守るもなにも投げ込まれたのは単なる花束なのだから、むしろお披露目の場に乱入してしまったと言えるだろう。

慌てて戻ろうと踵《きびす》を返すも、エドガルドに「待て」と止められてしまった。

「あ、あの、申し訳ありません！　私つい……なにかが飛んできて、コーネリア様を守らねばと思って……」

「申し訳ありません、エドガルド陛下。俺《おれ》もソニアも、まさか花束とは思わず……」

ソニアとルイがほぼ同時に謝罪の言葉を口にし、頭を下げようとし……それすらもエドガルドに「待て」と止められてしまった。

恐る恐る見上げれば、黄金の獅子がまったくと言いたげに息を吐いた。

「国民もお前達の姿を見ている。このまま頭を下げて戻ったら逆に不審に思われるだろ」

「で、ですが……」

「コーネリアと一緒にお付きの人間が来ているのは国民も知っているはずだ。頭を下げる程度でいいから顔を出しておけ」

むしろそうでもしないと事態の収拾がつかない。そう話すエドガルドに、ソニアは恐る恐るとテラスの下を覗《のぞ》いた。

テラスの下にある広間には、隙間《すきま》なくオルデネア国の国民がひしめき合っている。その人数といったら地面が見えないほどだ。そのうえひしめき合っているすべてが獣人であり、種族は様々。豹や犬、鳥といった王宮勤めでも見かけたことのある種族もいれば、ソニアの知らない

動物の獣人もいる。

そんな獣人達が、一様にこちらを見上げている……。

あまりの圧にソニアが慄《おのの》き後ずさった。

「わ、わたっ、私、こんな人前に立つなんて……で、できません……！」

なんとか逃《のが》れようと「ルイ、お願い！」と彼に託して——決して押し付けたわけではない——踵を返して逃げようとする。

だが次の瞬間ソニアの耳に届いたのは、「クレイン」と騎士を呼ぶエドガルドの低い声と、「かしこまりました」という返事。そしてそれとほぼ同時に腕を掴《つか》まれた。

もちろんクレインにである。逃げるソニアを易々《やすやす》と捕まえてしまう。なんという反射神経だろうか。さすが騎士だ。

「は、放してクレイン。見逃がしてぇ……！」

「ここで何もせずに戻れば動揺させるだけなのは俺でも分かる。陛下も頭を下げるだけで良いと仰《おっしゃ》ってるんだ、ちょっと前に出て一礼してこい」

「そんな簡単に言わないで……。私には無理よ……！」

「この場を穏便に収めるためだ。ほら、ルイも済ませたんだから行ってこい」

クレインに促されてソニアがテラスを見れば、ルイが国民に対して頭を下げているのが見えた。沸き上がる歓声はこの飛び入り参加を歓迎しているのだろう。

もっとも、挨拶《あいさつ》を終えたルイはすぐさま他の騎士に混じって警備に戻ってしまった。きっと彼もいっぱいいっぱいで、一礼したのだからとすぐさま逃げたに違いない。だが一礼しただけ立派なものだ。

「あれは騎士の度胸があるからできるのよ。メイドにはそんな度胸はないわ……」

「はいはい、そうだな。ほら、コーネリア様もお待ちだぞ」

「分かったわ。覚悟を決める。……ところでクレイン」

「どうした？」

「あなた意外と肉球が硬いのね」

もっと柔らかいかと思った、とソニアが己の腕を掴む彼の手に視線を落とせば、「大丈夫そうだな。よし行ってこい」という無情な判断と共に背中を押され、テラスへと追いやられてしまった。

盛り上がっていた歓声がより増して、まるで風のようにソニアにぶつかってくる。何も当たっていないはずなのに勢いによろけてしまいそうなほどだ。

チラと横目で背後を見れば、クレインがしてやったりと笑っている。恐ろしい黒豹なのに、なんて意地の悪い笑みだろうか。

「ソニア、大丈夫？」

「コーネリア様……。とうてい大丈夫ではありません。メイドには過酷な仕事すぎます……」

「相変わらず大袈裟ねぇ。ほら、これを持って」

コーネリアが花束をソニアに渡す。先程投げ込まれたものだ。

手にするとふわりと花の香が鼻をくすぐる。顔を寄せてゆっくりと息を吸い込み花の香を堪《たん》能《のう》し、カッと目を開いた。

「コーネリア様のお披露目に泥を掛けるわけにはいきません！　メイドソニア、覚悟を決めて行ってまいります！」

花束を片手にソニアが気合を入れる。

そうして恐る恐るだが前方へと進み、スカートの裾を摘《つま》むとゆっくりと腰を落とした。

歓声が聞こえる。

それは先程のルイや、それどころかコーネリアやエドガルドに送られたものと同じだ。

ゆっくりと顔を上げれば眼下に集まった獣人達がこちらを見上げて拍手し、それだけでは足りないと手を振っている者もいる。

様々な種族の獣人。人間とはまったく違う、動物の顔。

それでも誰《だれ》もが喜び好意的な表情を浮かべているのが不思議と分かり、ソニアは歓声に煽《あお》られるようにぎこちない手つきで片手を振った。わぁと周囲が沸き立ち、種族の違う手が一様にこちらに向けて左右に揺れる。

その光景と勢いに気圧《けお》されつつ、ソニアはふらふらとテラスから退いていった。傍目には挨拶を終えて退場するメイドに映っただろうか。

そうして覚束ない足取りで室内へと戻り、へたりとその場に座り込んだ。見守っていたクレインがしゃがんで顔を覗き込んでくる。

「どうした？」

「緊張と不安と恐怖が今になって……。駄目だわ、足に力が入らない」

「たかが挨拶に大袈裟だな。さっきは迷うことなくテラスへと飛び出していったのに」

「あれはコーネリア様が危険だと思ったから、咄嗟に体が動いたのよ。そうじゃなきゃ、あんなに視線を浴びる場所に出るなんて考えられないもの」

「度胸があるのかないのか分からないな」

呆れを込めたクレインの言葉に、ソニアは拗《す》ねるようにわざと顔を背けた。

たとえ好意に満ちていたとしても百を超える視線を一身に受けたのだ、緊張で力が抜けるのも仕方あるまい。一介のメイドが耐えられるわけがなく、思い出すだけで体が震えてしまう。やり切ったことを褒めてほしいぐらいだ。

そう弱々しく訴え、それでも床に座り込んでいるのはしたないと考えてなんとか移動を試みる。せめて椅子《いす》までは辿《たど》り着きたいところだ。

震える足でなんとか立ち上がり、よろよろと椅子へと向かう。

「見てられないな」

とは、ソニアの覚束ない足取りに見かねたクレインの溜息交じりの声だ。

次いで彼は立ち上がると、部屋の隅に用意されていた化粧台から椅子を一脚持って戻ってきた。ドンとソニアの目の前に置き「座れ」と告げてくる。ソニアが感謝の言葉を告げ、力の抜けた足でなんとか椅子に座った。

「ありがとう、クレイン。ようやく落ち着けたわ」

「コーネリア様のお付きを床に座らせておくわけにはいかないからな。お二人の挨拶が終わるまでそこに座っていろ。……と言ってるそばからどうして立ち上がろうとする」

「お茶を飲みたいの……。大丈夫、さっきより少しは歩けるようになったわ！」

「持ってきてやるから、大人《おとな》しく座ってろ」

まったくと言いたげにクレインが大きな溜息を吐《つ》き、お茶を用意するため近くにいたメイドに声を掛ける。

その背中を見届け、ソニアはほぅと深く息を吐いた。

いまだ歓声は続き、見ればテラスではエドガルドとコーネリアが寄り添っている。他の獣人達も国民に話をしており、そのたびに拍手が沸く。どうやら式は順調に進んでいるようだ。

よかった、とソニアが小さく呟くのとほぼ同時に、ふわりと紅茶の香が漂ってきた。

※

「私に呼び出しですか？」

ソニアが不思議そうに聞き返したのは、王妃お披露目の騒動から一ヶ月ほど経《た》った頃《ころ》。メイド仲間達と庭園の水撒《ま》きをしていた時だ。

庭師が整えた庭園は美しく、撒いた水が日の光を受けて細かく輝く。

なんて美しい光景だろうか。吹き抜ける風が草木を揺らすたびにサァと軽やかな音が耳に届き、水を撒いているだけで清々《すがすが》しい気分になる。

その途中にメイド長から声を掛けられ、一室に来てほしいと言われたのだ。

曰《いわ》く、国の重役達がソニアに聞きたいことがあるのだという。

それならば断る理由もなく、ソニアは頷いて返すと残りの仕事を他のメイド達に託してメイド長の後を追った。

「いってらっしゃーい」

「後でどんな話だったか教えてね」

長閑《のどか》な声で見送ってくれるのは、ソニアと同じメイド服に身を包んだ獣人達。

灰色猫のマリネと白兎《しろうさぎ》のレティ。メイド仲間の中でもとりわけソニアによくしてくれる二人だ。

小動物の小柄な愛らしさとクラシカルなメイド服は相性が良く、そのうえちょこまかと動く働き者なのだから、ソニアは彼女達と知り合うと一瞬にして虜《とりこ》になってしまった。

優しいのは彼女達だけではなく、先日は重い荷物を運んでいたところを黒山羊《くろやぎ》の使いが助けてくれたし、最初こそ見た目にぎょっとしてしまったトカゲの庭師も、話してみれば気さくで親切だ。

獣人と一言でいっても、多種多様な種族が存在している。

この王宮だけでも種類は豊富、城下にまで広げれば把握しきれぬほどだ。

(人間だからって理由で受け入れてもらえないかもと思っていたけど、ここでは私達もたくさんいる種族の一つなのね)

それはほんの些細《ささい》なことで、きっと大海に塩水を一滴垂らしたようなものなのだろう。

受け入れる・受け入れないといった話ではなく、ポンと入ってきたらすぐに溶け込んでしまい、馴染《なじ》んで違いが見えなくなる。

「時々は物珍しさで旅の人が立ち寄ったりはしていたけど、この国に人間が定住するのは初めてなの。なにか不備があったら言ってちょうだい」

「いえ、そんな不備なんて。皆さん快く受け入れてくれて有難い限りです」

前を歩くメイド長の言葉にソニアが感謝を示す。

メイド長は壮年の鳥の獣人だ。彼女もバルテと同様、羽とは別に人間と同じ形の手を持っている。

そしてなにより目を引くのが、その種族ゆえかやたらと長い尾羽。

オルデネア国に鳥の獣人は数多く住んでいるが、彼女ほど立派な尾羽を持つ者はいないという。白一色で、輝くように美しい。

……そしてその長さゆえ、ズルズルと引きずっている。

メイド長を見つめていたソニアはゆっくりと視線を下げ、彼女の尾を辿っていく。

その途中に小型のモップが等間隔でセットされているが、これは歩きながら掃除をするメイド長の秘策である。

初めて見た時こそ言葉を失ったが、今では「歩きながら掃除だなんて、さすがメイド長」と尊敬の念を抱いていた。自分に長い尾羽がないのが惜しいくらいだ。

「ソニアがコーネリア様と一緒に来てくれて良かったわ。人間の女性にお仕えするのは初めてだけど、コーネリア様にあれこれと尋ねるわけにはいかないでしょう。分からないことがあったらどうしようって不安だったのよ」

「そんな風に考えてくださっていたんですね。私でよろしければなんでも聞いてください。もしかして今日の呼び出しもコーネリア様についてですか？」

「そうみたい。私も詳しい内容は知らされていないんだけどね」

話しながらメイド長が足を止める。どうやら目的地に着いたらしい。

王宮にある一室。そこに国の重役達が集まっており、ソニアに話があるのだという。

改めて部屋の前に立つと妙に緊張してしまい、思わず背筋を正した。メイド服に汚れはないか、髪は乱れていないか、と身嗜《みだしな》みを確認する。

……最後に、胸元に飾ったブローチの位置を直した。

クラシカルなメイド服の中、真っ赤な石は妙に目立ち、鏡を見る度に目に留まり忌々しい。

そうして用意を終えてメイド長へと目配せをすれば、彼女は一度小さく頷くと扉を叩《たた》いた。

軽いノックの音が王宮の通路に響く。

「ソニアを連れて参りました」

「し、失礼いたします……」

メイド長に続いて、ソニアが一礼して入室する。声が少し上擦ってしまうのは仕方あるまい。

――入室の際、メイド長が手早く自分の尾羽を回収した。たまに挟んで扉を閉めてしまうらしく、ソニアも二度ほど、扉の下から長い尾羽がはみ出しているのを目撃したことがある――

室内で二人を待ち構えていたのは、国の重役である獣人達。

クレインやエドガルドを彷彿《ほうふつ》とさせる獰猛《どうもう》そうな獣人もいれば、ウサギやリスといったふかふかとした愛らしい見目の者もいる。人と同じサイズの爬虫類《はちゅうるい》もおり、人数こそ少ないが多種多様なその顔ぶれにソニアは僅かにたじろいでしまった。

重役を相手にしているというだけで緊張するのに、その視線を一身に受けるならば尚《なお》のこと。

それも多種多様な種族のために瞳も様々。とりわけ山羊の獣人の目は特殊で、見つめられると得も言われぬざわつきが胸に湧く。

「あ、あの……。私に用があるとお伺いしましたが」

「貴女《あなた》がソニアね。確かに人間の女性だわ。早速で悪いけど、服を脱いでもらっても良いかしら」

「えっ⁉」

突然の言葉にソニアが思わず声をあげる。

（脱げってどういうことかしら。もしかして……！）

小さく息を呑み、ソニアは胸元に手を添えた。

ヘイルドから押しつけられたブローチ。石の中には細く長い針が隠されており、黄金の獅子さえも命を落とす毒が塗られている。

もしやそれを気付かれたのではないか。

そう考えた瞬間、ソニアの心臓が鷲掴《わしづか》みにされたように苦しさを訴えだした。足下がぐらりと揺れた気がする。まるで重ねたクッションの上に立っているような不安定な感覚だ。

ブローチを強く握りしめれば、装飾が胸に押しつけられる。だが今はそれに痛みを感じている余裕すらなくなり、ソニアは震える声をなんとか落ち着かせて「なぜでしょうか……」と尋ねた。

「これから寒くなるでしょう。だから確認したいことがあるの」

「寒くなるから？　でも、どうしてこんなところで……。皆様いらっしゃる前でだなんて……」

「そういえば、貴女は獣人の性別が分からなかったわね。安心して、この部屋には女性しかいないわ」

だから、と促され、ソニアは退路を探るように周囲を見回した。

もっとも、いくら見回しても退路などあるわけがない。メイド長も何かを察したようで、「協力してちょうだい」とソニアを宥めてくるだけだ。

（寒くなるからなんて適当についた嘘で、きっと脱がせて隠し持った武器を見つけようとしてるのね。でもブローチの仕組みにまで気付かれてなければ、メイド服と一緒に脱いで誤魔化せるかもしれない）

ゴクリと生唾《なまつば》を飲み、ソニアは覚悟を決めてエプロンの紐《ひも》をするりとほどいた。

ここで下手《へた》に拒否したり嘘を吐けば逆に疑いを深めかねない。なにも知らない体《てい》を装い、おくびに出さずさっと脱いでしまう方がいいだろう。

脱いだらすぐに「恥ずかしい」だの「寒い」だのと理由を付けて着てしまえばそれで終わりだ。

（大丈夫、さっと脱いで、畳む時にブローチを隠せば怪しまれないわ。それにブローチの仕組みは見ただけじゃ分からないはず……）

そう己に言い聞かせ、ソニアは手の震えを隠しながら手早くエプロンを外して畳み、今度はワンピースへと手を掛けた。一つまた一つとボタンを外すたびに心音が大きくなり、嫌な汗が首筋を伝う。

そうしてボタンをすべて外し終えれば、あとはワンピースを脱ぐだけだ。シンプルなメイド服は動きやすく格調高さを感じさせるが、脱ぐまでの時間稼ぎはしてくれない。

（落ち着いて、怪しまれないように平然としなくちゃ。疑われていたとしても、証拠《しょうこ》が見つからなければ問題ないわ）

心の中で自分に言い聞かせ、ワンピースの最後のボタンを外した。

ソニアの体をするりと布が滑り、ストンと足下にワンピースが落ちる。

その瞬間ソニアの体が小さく震えたのは、冷たい空気が体に触れたからか、疑惑の視線に体を晒す不安からか、それとも、ワンピースを脱いだ瞬間にブローチがカチャリと音を立てたからか。

なんにせよ、ワンピースを脱げば後は下着だけ。さすがに羞恥《しゅうち》が湧くが、ここで躊躇《ためら》っては時間を長引かせるだけだ。今すべきことはさっさと脱いで、再びメイド服を纏って部屋を出ること。

そのためにこの下着を……と手を掛け、ソニアはきゅっと唇を噛《か》んだ。

疑惑への恐怖、それと同時に湧くのが屈辱。

どうしてこのような辱《はずかし》めを受けなくてはならないのか。後ろ暗いことを隠している身で憤りを抱く権利などないと分かっていても、部屋の中で一人裸体を晒されることへの屈辱は湧く。

恐怖からか、悔しさからか、視界がじわりと滲《にじ》み出した。

鼻の奥がツンと痛み、このままでは泣いてしまいそうだ。

だが感傷に耽《ふけ》っている場合ではない。一度ぎゅっと目を瞑《つむ》ることで堪《こら》え、泣くなと心の中で自分に一喝すると共に下着に手を掛ける。

だが下着を脱ぐより先に「もう大丈夫よ」と静止の声が掛かった。山羊の獣人だ。彼女はゆっくりと立ち上がると、下着姿のソニアへと歩み寄ってきた。それに他の獣人達も続く。

ソニアの体がビクリと震えた。手にしていたメイド服を隠すようにぎゅっと抱きしめてしまう。

「本当に聞いていた通りね」

「あの、これは……」

困惑と共に、震える体を自らの腕で隠すように抱いた。

恐怖と屈辱と羞恥、罪悪感、それらが混ざり合い呼吸が浅くなる。いったい何が『聞いていた通り』なのだろうか。だがそれを聞くのは怖い。

(いっそ、自白してしまった方が良いのかしら……)

脳裏にコーネリアとルイの顔が浮かぶ。自分の裏切りを知れば二人はさぞや悲しむだろう。いや、悲しむだけで済めばいい方だ。下手すれば二人も共犯と疑われるかもしれない。仮に二人の潔白を信じてもらえたとしても、ヘイルドが不要と判断すれば働きかけるはずだ。すぐさま結婚は白紙に戻されるに違いない。

『愚かなメイドが、主大事《あるじ》さに政略結婚を潰《つぶ》そうとして王の暗殺を企《くわだ》てた。この婚約は白紙になり、哀れな王女は母国へ呼び戻される……』

そんな筋書きがソニアの脳裏に浮かぶ。

そうなったら、エドガルドはどうするだろうか。

知らずともソニアを連れてきたコーネリアを守ってくれるかは定かではない。

(駄目、やっぱり言えない……。なんとしても隠さなきゃ……!)

自白し楽になりたいという思いを押し留《とど》め、どうにか誤魔化さねばと顔を上げた。

眼前に山羊の獣人の顔が迫り、長方形の黒瞳がじっとソニアを凝視する。

ゾワリと寒気が背を駆け抜け、小さく悲鳴をあげた。

だが次の瞬間、山羊の獣人はもとより開いていた目を更に見開いた。

「本当に毛がないのね！」

と、甲高い声が室内に響く。ソニアが目を丸くさせ「……毛？」とポツリと漏らした。

毛とは、どういうことか。

「人間は私達と違って全身の毛がないって聞くけど、本当だったのね！」

「あ、あの、どういうことでしょうか……」

「肌も冷たいわ。これでも冬眠せずに冬を越すのよね」

「冬眠？　もちろん、私達は冬眠しません」

「寒くなると動きが鈍ったりはしないの？」

「お布団から出にくくなりはしますが、鈍くなるほどではありません」

「冬毛はいつ生えるの？」

「冬毛は生えません」

矢継ぎ早に質問され、ソニアは頭上に疑問符を飛ばしながらもそれに答えていく。

冬眠だの冬毛だの、さっぱりわけが分からない。そのうえ山羊の獣人に続いて他の重役達も近付き、ペタペタと腕や肩に触れてくるのだ。

柔らかな肉球、硬い山羊爪《つめ》、ひやりと冷たい爬虫類の手……。様々な手がソニアの体を触ってくる。くすぐったさで身を捩《よじ》るも、捩った腰をメイド長が興味深そうに突っついてきた。

「寒々しいけど、換毛期がないのは羨ましいわね」

「換毛期？」

「えぇ、換毛期よ。換毛期はあちこちに毛の塊が落ちて大変なの。もちろん掃除はするけど、掃除をするメイドからも毛が抜けるんだから嫌になるわ」

「そ、それは大変ですね……」

「でもソニアには換毛期がないのよね。頼りにしてるわ」

嬉しそうにメイド長がソニアの腕を叩いてくる。換毛期知らずの新人を得たからか随分と上機嫌だ。

なんと答えていいのか分からず、それでも照れくささを感じてソニアは頬を掻《か》いた。「換毛期がない」と当然のことを言われてもいまいちピンとこないが、メイド長に期待されるのは純粋に嬉しい。

はにかみつつ「頑張ります」と答えれば、再び山羊の獣人が話しかけてきた。

「冬毛は生えないなら、寒さに強いのかしら?」

「人によるかと思います。ルイは冬でも薄着で過ごしますが、私とコーネリア様は冬は苦手です。外に出る時はマフラーは欠かせません」

「なるほど、マフラーね。すぐに手配しましょう。それと暖炉の薪《まき》は多めに用意しておいた方が良いわね。王宮の通路も常に暖かくしておかなくちゃ。これから仕立てる冬用の服は厚めの布を使いましょう。それともあえて軽めにして重ねて着られる方がいいかしら」

「あ、あの、もしかして聞きたかったことというのは寒さについてですか?」

恐る恐るソニアが尋ねる。

もちろん「自分の裏切りを知って調べたのではないんですか?」と聞くわけにはいかない。

そんなソニアの質問に、山羊の獣人はおろか、室内にいる誰もが当然と言いたげに「そうよ」と返してきた。メイド長までもがソニアの腕を撫《な》でつつ「そういうことらしいわね」と言って寄越す。

どうやら純粋に人間の冬の過ごし方についてを聞きたいだけだったようで、ソニアはガクリと肩を落とした。――ちなみに落とした肩をメイド長が撫で始め「肩にも毛が生えてないのね」と感心している――

（屈辱だなんて思っていたのが馬鹿《ばか》みたい。みんなコーネリア様のことを考えてくださっていたのね）

焦り、怯《おび》え、その果てに屈辱に憤っていた自分の浅はかさが笑えてしまう。

そして笑えてしまうと同時に、コーネリアが冬を越すために相談してくれたことへの感謝も湧く。

いまだ興味深そうに体を触られるが、それが善意と分かれば嬉しささえ覚えてくる。ちょっとくすぐったいが。

「他にも何か聞きたいことがありましたら、ぜひ仰ってください。コーネリア様のためになるなら、なんでもお答えします！」

感謝と嬉しさからソニアが意気込めば、部屋にいた者達がそれならと再び質問をしだした。

そうしてしばらくはあちこちから体を触られ、質疑応答《しつぎおうとう》という名の人間の冬の過ごし方を説明していると、扉の向こうから大きな足音が聞こえてきた。

随分と大急ぎで走っているようで、長閑で厳《おごそ》かさと静けさの合わさる王宮には不釣り合いな騒々しさだ。

その足音が部屋の前で止まれば、自然と誰もが扉へと視線を向ける。

次いで聞こえてきたのはゴンゴンという豪快なノックの音。よっぽど急いでいるのか、扉を叩き割りかねない勢いである。

その音にメイド長が誰かと問おうとし……、

「ソニア、大丈夫か！」

「助けに来たぞ！」

と、飛び込むように入ってきたルイとクレインに、誰もが言葉を失った。

彼等の勢いと言ったらない。

……が、その勢いも部屋に入ってくるまでだった。二人ともきょとんと目を丸くさせ、揃《そろ》えたように「あれ？」と間の抜けた声をあげた。

「ソ、ソニア……？　丸裸にされて調べられてると聞いたんだが……。なぁ、クレイン？」

「あ、あぁ、そのはず……だよな……？」

二人が戸惑いつつ確認し合う。

人間のルイと、獣人のクレイン。顔の作りはまったくもって別なのに、どういうわけか二人とも同じように表情を引きつらせる。その表情が、これまた同じように「まずい」と青ざめる。

なにせソニアはいまだ下着姿なのだ。

手にしていたメイド服を抱きしめることで気休め程度に体を隠し……、

「早く出ていって!!」

と怒鳴りつけた。


「訓練中に『ソニアが丸裸にされて隅々まで調べ尽くされている』って聞いて、それで慌てて駆けつけたんだ。詳しく話を聞かなかったのは確かに悪かったが、すべてはソニアを案じてのことなんだ。……ソニア、聞いてるか？」

「聞いてない」

「それに動転してて何も見ていない。本当だ。信じてくれ！」

「聞いてない、信じない」

「なぁソニア、悪かったし反省してる。せめてこっちを見てくれないか？」

「聞いてない、信じない、そっちも見ない」

「あぁ、ソニアがないない状態に入ってしまった。頼むよソニア、許してくれ。コーネリア様も、何か仰ってください……！」

ルイが情けなくコーネリアに助けを求める。

場所は王宮にあるコーネリアの部屋。そこで三人で穏やかに夕食……となったのだが、ソニアはいまだ日中のことが許せず、ルイの話を片っ端から聞き流し、そして彼の料理を奪っていた。

事情を聞いたコーネリアも、これはどちらに荷担すべきかと難しい表情をしている。

どちらの言い分も分かる、分かるからこそ口を挟みにくい、といったところか。もしくは兄妹喧嘩《げんか》はいつものことなので、仲裁するのも今更だと考えているのか。

だがさすがにソニアがパンに塗るバターまで奪おうとすれば慌てて宥め始めた。ソニアもコーネリアに宥められては聞くしかなく、奪い取ったバターとスープをルイのもとへと戻す。

「ソニア、ルイも悪気があったわけじゃないの。それは分かってあげて」

「そんなことは分かっています。むしろ悪気があってあんなことをしたなら、今頃ルイは原型を留めていません！」

「原型を留めないなんて、物騒なことを言わないでちょうだい。でも、ソニアは大変な思いをしたけど、みんな私達が暖かく冬を越せるように考えてくれていたのよね」

巧《たく》みにコーネリアが話題をすり替える。

それを聞き、ソニアは確かにと頷いて返した。

結果的にソニアは散々な目にあったものの、あの場にいた者達は皆コーネリアのことを案じてくれていた。

オルデネア国の獣人にとって、人間は馴染みのない種族。全身を毛に覆われているわけではなく、さりとて冬眠もせず、冬毛が生えるわけでもない。どうやって冬を越すのか分からず、だからこそソニアを呼んで検証し始めたのだ。

そこにあるのはただ『暖かく冬を越してほしい』という気持ちのみ。

それを考えればソニアの胸が暖かくなる。まだ冬も来ていないのに、既に上質の毛布に包まったような暖かさだ。

次いでチラとルイを一瞥《いちべつ》した。彼は自分に非があることを理解しており、身を縮こませている。いかに立派な騎士も、怒れる妹を前にすると小さくなるのだ。

ソニアはふんと不満げに一息吐き、それでも奪った皿をルイの前に戻してやった。許しの証《あかし》である。もっとも、デザートのタルトは返さないが。

「ソニア……！」

「次に同じようなことしたらただじゃおかないから！」

「あぁ分かってるよ、優しい我が妹。クレインにも、ソニアが許してくれたって後で話しておくから」

ルイの話に、ソニアがピクリと肩を揺らした。

クレインのことは極力考えないようにしていたのに、まったくタイミングの悪い兄である。腹いせに返したばかりのスープをさっと奪っておいた。

(ルイに見られただけでも辛《つら》いのに、クレインにも下着姿を見られるなんて。恥ずかしい! 次にどんな顔をして会えばいいの! 今夜も彼が窓辺に来てしまったらどうしよう!)

極力動揺を悟られまいとスープに口をつけつつ冷静さを取り繕うが、内心は叫んで顔を覆いたい一心だ。

だがそんなソニアの胸中にも気付かず、ルイとコーネリアはクレインについて話を続けてしまう。彼の名前が出るたびにスプーンを持つソニアの指先がピクリと揺れ、頬《ほお》に熱が溜《た》まっていく。

ルイとクレインは騎士隊の中でも同じ部隊に所属しており、今日も共に訓練をしていた。そんな最中に『ソニアが丸裸にされて隅々まで調べ尽くされている』と聞き、二人同時に駆け出したのだ。そしてあの大惨事に繋《つな》がる。

ソニアに怒鳴られ部屋を追い出された後も、二人は揃ってメイド長や重役達からお叱《しか》りを受け、隊に戻れば隊長から叱られ……と、叱られ通しだったという。

その話に、ソニアは小さく「自業自得《じごうじとく》」と呟いた。まったくもって同情する気にはなれない。

……だけど。

（クレインも、ルイと同じように私を心配して助けに来てくれたのよね……）

思い出されるのは、部屋に飛び込んできた時の彼の言葉だ。

「助けに来たぞ」と、必死でいて勇ましい声だった。仮にあれが本当にソニアの危機であったなら、さぞや頼りがいのある救いの声に聞こえただろう。一介《いっかい》のメイドの窮地《きゅうち》に駆けつける漆黒の騎士、物語のようではないか。

そんなことを考えればなんとも言えないむず痒い気持ちになり、ソニアはもどかしさを胸に、もう一口とスープに口を付けた。

ルイから奪ったスープである。胸中を誤魔化すため「人から奪ったスープは一段と美味《おい》しいわ」と冗談めかして話せば、ソニアの機嫌が直ったと察したのかルイが安堵の表情を浮かべ、コーネリアが冗談交じりに「ソニア、そんな盗賊みたいなことを言わないで……」と大袈裟に嘆いた。


夕食を終え、自室へと戻ってしばらく。

「すまなかった！　本当に反省してる!!」

部屋中に響きそうなその声に、ソニアは思わず目を丸くしてしまった。

声を発したのは、今夜も窓辺に訪れたクレイン。

それはもう勢いよく、ソニアが「こんばんは」と声を掛けるよりも先に頭を下げてきた。これにはソニアも怒るよりも先に焦りを感じてしまう。

そもそも彼に対しては怒るつもりはなかった。と言うよりも話題にすら出さず、今夜彼が来ても他愛《たわい》もない雑談を交わして、日中の件については一切触れずにいようと考えていたのだ。

その作戦が彼の第一声で覆《くつがえ》され、ソニアの顔が熱くなる。

「ク、クレイン、気にしないで。怒っていないから」

「……だが、俺は勘違いしてソニアの下着姿を」

「詳しく言わないで！」

今でさえ恥ずかしいのに、彼の口から詳細を聞かされるなど堪《たま》ったものではない。顔が熱を持つどころか火が出かねない。

慌ててソニアが制止すれば、クレインがムグと口ごもる。

黒毛に覆われた耳はペタリと伏せられ、いつもはゆったりと揺れている尻尾《しっぽ》が力なく彼の足に巻き付いている。その姿は弱々しく見え、まるで怯える子猫のようだ。

思わずソニアがふはっと吹き出してしまった。

「な、なんで笑うんだ」

「だってクレイン、あなた耳も尻尾も伏せちゃって、とても分かりやすいんだもの」

笑いながらソニアが話せば、察したクレインが慌てて己の尻尾を掴んだ。

だが無理に自分の足から引き剥《は》がすも、彼の尻尾は手から放れると再びクルリと足に巻き付いてしまう。耳も同様、手で無理に立たせてもすぐさま伏せる。

どうやら尻尾も耳も主の喜怒哀楽を反映し、そして主の誤魔化しや取り繕いは許してくれないらしい。

難儀なものね……と耳と尻尾を相手に苦戦するクレインを見つめながら思う。

もっとも、クレインが改めて「昼間のことは」と言い出した瞬間、ソニアの顔もボッと音が出そうなほどに赤くなってしまったのだから、難儀なのは獣人に限ったことではない。

慌ててソニアが己の手で顔を覆い「言わないで！」と悲鳴じみた制止の声をあげた。

「日中のことを話すのは禁止よ！」

「だ、大丈夫だ、詳しくは話さない。……だがきちんと謝らせてほしい。早とちりをして失礼なことをした。すまなかった」

真剣味を帯びたクレインの声に、ソニアはゆっくりと己の顔を隠していた手を退《ど》けた。

クレインがじっとこちらを見ている。

金色の瞳。彼と出会った当初は『獣人らしい獰猛な瞳』と感じていたが、幾度となくこうやって話すうちに、その瞳に見つめられる恐怖も違和感もなくなった。

その瞳に今は申し訳なさが色濃く映っており、ソニアは小さく笑うと改めて彼の名前を呼んだ。

「大丈夫よ、クレイン。もう怒ってない」

「本当か？」

「えぇ。それに、貴方《あなた》もルイも私を助けに来てくれたんだもの」

結果的にはあんなことになったものの、クレインもルイも『ソニアを助けたい』という一心で駆けつけてくれたのだ。それを無視して怒り続ける気はなく、全身で謝罪を訴える彼を前にすれば不満も消えていく。

クレインもソニアの声色から胸中を察したのか、安心したように目を細めた。

伏せられていた耳がひょこと起き上がり、足にまとわりついていた尻尾がそっと離れてゆらゆらと揺れる。

つい先程まで全身で申し訳なさを訴えていたというのに、今度は一転して許された安堵を訴えている。

その分かりやすい変わりように、ソニアはまたも笑い出してしまった。

「……また笑ったな」

「だってクレイン、貴方すごく分かりやすいんだもの」

「仕方ないだろ。尻尾も耳も言うことを聞かないんだ」

ソニアがあまりに笑うからか、クレインが不満そうに話す。

だがその間も彼の尻尾がタンタンと窓縁を叩くのだから、余計にソニアの笑いを誘うだけだ。

なんて分かりやすいのだろうか。そしてその分かりやすさは面白くて愛《いと》おしい。

そうしてソニアがひとしきり笑っていると、ついに痺《しび》れを切らしたのか、クレインがふんと余所《よそ》を向いて窓縁から外へと飛び降りてしまった。

「これだから尻尾も耳もない奴《やつ》は」という彼の最後の言葉はなんとも恨みがましい。

怒らせてしまったと慌ててソニアが窓縁へと駆け寄り、窓の下を覗き込んだ。

夜の暗がりの中、一人の黒豹が佇《たたず》んでいる。

漆黒の黒毛を月明かりで艶《つや》やかに輝かせ、金色の瞳でじっとソニアを見つめている。まるで暗闇《くらやみ》の中に瞳だけが浮かんでいるようだ。

その光景は、獣人を深く知らぬ人間には恐怖でしかないだろう。『暗がりに身を隠した獣に睨《にら》まれている』などと、死すら覚悟する状況だ。

だがソニアは獣人を、特にクレインについては少なからず知っている。ゆえに怖がることもなく、それどころか金色に輝く瞳に催促の色を感じ取って小さく笑みをこぼした。

「笑ってごめんなさい、クレイン。これでお相子にしましょう」

周囲の迷惑にならないように声を潜めて話しかければ、眼下の黒豹がニヤリと笑った。

どうやらこの提案を受け入れてくれるようだ。

「おやすみなさい、クレイン」

囁《ささや》くようなソニアの声は、通常ならば誰の耳にも届かないだろう。

たとえばコーネリアやルイが室内にいたとしても、他のことをしていればソニアの囁きには気付かなかったはずだ。

だが黒豹の耳にはしっかりと届いたようで、片手を軽く上げてから歩き出す彼の背中はどこか満足そうだった。

※

ソニアの生活は至って順調。

仕事は忙しいがやりがいがあり、メイド仲間や王宮に仕える者達とも良好な関係を築いている。

時にはコーネリアの側仕《そばづか》えとして隣に立ち、仲睦《むつ》まじく話すコーネリアとエドガルドを見守っていた。

エドガルドはコーネリアに対し積極的な言葉でアプローチこそするが、具体的な行動には一切出ていない。輿入《こしい》れから数ヶ月が経つ今でさえ、食事こそ共にするようになったものの就寝時はコーネリアを自室へと返していた。

彼女が自ら受け入れてくれる日を待っているのだ。王としても、夫としても、なんと寛大で愛情深いのだろうか。

……もっとも、

「今年の冬は王宮内を暖かくさせよう。夜は一段と冷えるから毛布を多めに用意させる」

そう優しく話しつつ、次の瞬間には碧色の瞳を妖艶《ようえん》に光らせ、

「だが来年は不要だろう。俺の腕の中は暖かいからな」

と囁くようにコーネリアに顔を寄せて告げることもある。もちろんベールの端に口付けをしながら。

まだ顔には直接触れず、無理強いはしない。だがアプローチは全力だ。

その言葉の意味など問うまでもなく、告げられたコーネリアはベールの下から「まぁ……」と恥じらいの言葉を漏らし、ルイはコホンと咳《せき》払いをして聞かなかったふりをする。ソニアは周囲に漂う香りに「これがフェロモンの匂《にお》い」と呟いていた。

そんな穏やかな生活が続くある日、ソニアはメイド服ではなく外出用のワンピースを纏い一人で城下街を歩いていた。

活気のある城下街は歩いているだけでも楽しくなり、あちこちから聞こえてくる声がまるで

自分を誘っているかのようだ。店先に並ぶ品々は見たことのないものが多く、行き交う獣人達は見慣れた姿の者から珍しい者まででいる。

景色《けしき》も物も人も、すべてがソニアの目には新鮮に映る。

と言っても、城下街に来るのは初めてではない。

コーネリアの側仕えとして城下街を歩くこともあったし、ルイと二人で買い物に出たこともある。

最近ではメイド仲間と遊びにも来ている。ふかふかの毛で覆われた手に引かれ「美味しい紅茶を飲みましょう」と誘われるのだ。これに抗《あらが》えるわけがない。

つまり城下街は行き慣れており、それでいて一人でふらりと外に出るのは初めてなのだ。この国に来てから数ヶ月が経つが、一人で暇を持て余したことは一度としてない。

改めて考えてみればなんとも嬉しい話ではないか。その嬉しさもまたソニアの気持ちを弾ませ、足取りを軽くさせた。


そうして街中を歩き、ふと一軒の食堂を前にして立ち止まった。

以前にルイが話していた店だ。

騎士達の中で人気があり、ルイも仲間と共に通っているという。騒々しいくらい賑《にぎ》やかで豪快な料理が売り、まさに食べ盛りの騎士が好む店だ。

「ちょうどお昼だし、入ってみようかしら」

誰にともなく呟き、店の扉に手を掛ける。

一人で城下街の食堂に入ったと知ったら、周囲はどんな反応をするだろうか。

コーネリアは冗談混じりに「ソニアはもう一人でご飯が食べられるのね」と笑い、ルイは「どうして俺を誘ってくれなかったんだ」と拗ねるかもしれない。メイド仲間達はきっと「次は一緒に」と言ってくれるだろう。

それに……と、ソニアの脳裏に黒豹の影がよぎった。彼も騎士ならばこの店を知っているはずだ。もしかしたら常連かもしれない。

（騎士御用達《ごようたし》のお店なら、通っていたらいつか会えるかもしれないわ……）

そんなことを考えてしまう。

共に仕える者として城内で顔を合わせることもあり、そのうえ彼は夜警の時には必ず窓辺に来てくれる。だというのに城下でも会えることを期待するとは、随分と欲深いではないか。

だが自らを欲深いと感じていても、扉に手を掛けるソニアの胸には「クレインに会えたらいいな」という期待が湧くのだ。

なんだかくすぐったくて不思議な気分……と小さく呟き、ゆっくりと扉を押し開いた。

それから数十分後、ソニアは食堂内のテーブルに着いていた。

店内は昼時を過ぎていても混雑しており、入ってきた客に店員が相席の許可を求めている。

ソニアも相席を求められ了承した。こんな混雑する店内でテーブルを独占するのは申し訳ないし、落ち着いて食べたければ時間を改めてまた来ればいいだけだ。

それに相席というのは初めてで、楽しく過ごせるかもと少し期待も抱いていた。

その結果……。

「いやぁ、まさかソニアに会うとは思ってもいなかった。この店は城勤めの中でも人気があるんだが、いかんせん混んでしまい、こうやって相席になることも珍しくないんだ。しかしまさか相席を求められたのがソニアとは、これはなんとも偶然」

と、怒濤《どとう》の勢いで喋《しゃべ》るバルテを前にしていた。

彼が喋った通り、偶然の相席である。店員にテーブルを案内され、そこにバルテが座っていたのだ。

そしてソニアの姿を見た瞬間から、彼は喋りだして今に至る。

「我々は仕事の昼休憩なんだ。色々と立て込んでしまい休憩に入るのが遅れてしまったが、ソニアに会えたのだからきっとこれも縁というものだな。ソニアはその服装を見るに、今日は休みか？」

「え、えぇ今日はお休みをいただい……」

「そうか休みか。休みに城下を散歩とは健康的で良いことだ。城下は賑やかでいつ来ても気分が弾む。季節によって店の品揃えも変わるから、私もよく妻と城下を散歩するんだ」

「そ、そうなんですね」

バルテの怒涛の喋りに、ソニアはフォークとナイフを手に相槌《あいづち》を打つので精一杯だ。それどころか、相槌も終わらぬうちに彼は喋りだしてしまう。

当然だがそんな状況で食事などできるわけがなく、ソニアの視界の隅でハンバーグが刻一刻と熱を失っていた。

運ばれてきた時はこれでもかと湯気を漂わせ、熱された鉄板のうえで食欲を誘う音をあげていたというのに……。

(ごめんねハンバーグ、私の意志が弱いばっかりに……)

バルテの喋りに負けてしまう己の弱さをハンバーグに詫《わ》び、次いでチラと隣の席へと視線を向けた。

ソニアの隣に座るのは、彼の喋りに一切反応せず、黙々と巨大ステーキを食べる黒豹の獣人。言わずもがな、クレインである。

漆黒の毛で覆われた耳はペタリと伏せられ、金色の瞳は目の前の食事だけを見つめている。バルテの話を断じて聞くまいとしているのが一目で分かる。

彼の前には大振りのステーキが置かれており、その大きさと豪快さと言えば、ソニアのハンバーグがお子様ランチの付け合わせに見えてしまうほどだ。

そんな巨大ステーキをクレインはもくもくと食べ続けている。彼の一口サイズはかなり大きく、ソニアならば二口どころか三口ほどに分けるだろう。重そうとさえ思える肉の塊を獣らしい大きな口で頬張り、ムグムグと力強く咀嚼《そしゃく》して呑み込む。

フォークとナイフ捌《さば》きは人のように巧みだが、肉を噛《か》む鋭利な牙《きば》はやはり黒豹だ。

ソニアが観察するように見つめていると、彼の手がピタリと止まった。

「お前も食べないと、せっかくの料理が冷《さ》めるぞ」

「そうね。ちょっと手遅れな気はするけど」

クレインに促され、ソニアがナイフとフォークを握り直す。

そうして、いざ……とハンバーグにフォークを刺そうとした瞬間、

「さっきからクレインは食べてばかりで、全く面白みのない男だろう。食事の場は明るく楽しくあってこそだというのに、こいつはいつも仏頂面で食べ進めるんだ。いやはやまったく食わせ甲斐《かい》のない男だ」

また間髪入れずバルテが喋りだした。

ソニアの手がピクリと止まる。ハンバーグを一口サイズに切り、あとは口に運ぶだけだったのに。

「う、うぅ……私のハンバーグ……！」

「補佐官の相手をしてると埒《らち》が明かない。無視して食べろ」

「でも、話している人を無視して食事をするなんて失礼だわ」

「確かに失礼だな。ただし補佐官は例外だ。ソニアが補佐官を無視して食事をしたと知っても、誰も咎《とが》めたりなんかしない。むしろ食事を共にしたことを同情されるだけだ」

きっぱりと断言するクレインの話に、ソニアが「同情……」と呟いた。

確かに、バルテのお喋りは城内では厄介なものとされ、巻き込まれると周囲から同情される。ソニアも今まで幾度となく彼に捕まり、喋り倒され、そして解放されるとメイド仲間達に労われていた。その逆もしかり。

オルデネア国に来た最初の日に、クレインに『なぜ王宮はそこまでバルテを恐れているのか』と尋ねたことがある。それに対する彼の返答は『十日後にまだ同じ疑問を抱いていたら答えてやろう』というものだったが、ソニアは十日どころか五日で思い知る羽目になった。

それも、窓の拭《ふ》き掃除の最中にバルテに捕まり、熱心に掃除をする姿勢を三時間に渡って雑談を大いに交えて褒められながら……。その後解放されたソニアに駆け寄って労ってくれたのが、メイド仲間でもとりわけ仲の良い灰色猫のマリネと白兎のレティである。あれが友情の切っかけ……とは、口が裂けてもバルテには言えない。より話が長くなるだろうから。

とにかく、仕事の最中に捕まっても同情されるのだから、休日の食事の席となれば尚更だ。だと言うのに、当人であるバルテは一人で食事をとることを嫌い、食事の際には必ず誰かしらを同行させるという。なんと恐ろしい話なのか。

そこまで考え、ソニアは小さく息を呑んだ。クレインを見上げれば、彼は言わんとしていることを察したのか自虐的にふっと笑った。

「バルテ補佐官はやたらと俺を食事に誘ってくる。こっちも必死で逃げてるんだが、最近では仲間達が保身に走って俺を売るようになった。今日も逃げきったと思ったんだが、どこからか俺の居場所がばれてこのざまだ」

「で、でもほら、それだけバルテ補佐官に気に入られてるってことよね。食事は賑やかな方が楽しいし。だから、その……同情するわ」

「その同情は半分お前の兄に向けてやれ」

「ルイもなのね!?　ルイも気に入られてるのね!?」

意外なところで兄の苦労を知り、ソニアの脳裏にうんざりとしたルイの顔が浮かぶ。

対してクレインが黒豹らしい口元をにんまりと歪《ゆが》めて笑っているのは、標的が一人増えて喜んでいるからだろうか。悪どい笑みだ。

ちなみにこのやりとりの最中もバルテは一人で喋り続けており、話題はクレインの不愛想についてから騎士隊の話に変わり、ルイの腕前を褒め、己の過去の武勇伝を語り、そして今はどういうわけかこの店のお勧めデザートについて話している。

そうして喋り続け、バルテが「おやおや」と楽しそうな声色でソニアに視線を向けてきた。

「さっきから二人は随分と楽しそうに喋っているな。ソニアはいつの間にクレインと親しくなったんだ？」

「わ、私ですか……!?」

突然のバルテからの質問に、ソニアが驚いて声をあげた。

慌ててクレインを見れば、彼はふいとそっぽを向いてしまう。先程までは起き上っていた耳も今はペタリと伏せており、きっと「任せた」とでも言いたいのだろう。

ずるいとソニアが小さく呟いた。クレインの耳がピクと揺れるが、彼はいまだそっぽを向いたままだ。この距離で聞こえていないわけがないのに。

「えぇっと……その……時々、話をするんです……」

「そうだったのか。しかし騎士隊のクレインとメイドのソニアじゃあまり時間が合わないだろう。いったいいつどこで会ってるんだ？」

「ぐ、ぐいぐい聞いてくる……！　それは……わ、私の部屋と外というか……。そ、それより、補佐官様のお話をもっと」

「いやいや、ぜひ聞かせてくれ。自分が喋るのも好きだが若者の話を聞くのも好きでな、特にこういった話は老いぼれも若返るというもの」

上機嫌でバルテが話を求めてくる。

それに対してソニアはほんのりと自分の頬が赤くなるのを感じていた。

(バルテ補佐官はいったい何を勘違いしているのかしら……。でも、毎夜窓辺で会っているなんて話したら、更に勘違いさせてしまうかも……)

他でもない相手はバルテだ。仮に彼がおかしな勘違いをしてしまったらどうなるか。明日の朝には城内周知のこととなるだろう。いや、一晩どころか月が昇るより先に城内に知れ渡るかもしれない。下手したら城下にも、むしろ国内に……。

それだけは避けねば……！　とソニアが身構える。

だが次の瞬間、隣に座っていたクレインがガタと立ち上がった。

「バルテ補佐官、午後の仕事もあるんだ。さっさと戻ろう」

急《せ》かすようにクレインが告げる。

ソニアを助け、そして夜ごと二人で過ごしていることを隠すためだ。

これにはバルテも胸元から懐中時計を取り出し、大袈裟に驚いて「もうこんな時間か」と立ち上がった。

助かった……とソニアが心の中で呟く。もちろんソニアは彼等には続かず、通りがかった店員にデザートを注文する。「私は残りますので」という意思表示だ。

クレインとバルテは城に戻り、ソニアは食堂に残る。完璧《かんぺき》な作戦ではないか。そう心の中でクレインに賛辞を贈り彼を一瞥すれば、金色の瞳がチラとこちらを向いて目配せをしてきた。

言葉にせず、作戦の成功を視線で祝う。

……だが次の瞬間、

「クレイン、機転を利かせるにしても、もう少しうまくやれるようになれよ」

というバルテの言葉に、ソニアもクレインも揃えたようにムグと言葉を詰まらせてしまった。

「バ、バルテ補佐官。機転ってどういうことだ、俺はただ時間が」

「そうやって態度に出るのもなんとかしろ。まったくこれだからお前はいつまでたっても若造なんだ。私が目を掛けてやっているのに情けない」

「わけの分からないことを言わないでくれ。それよりさっさと城に戻るぞ。午後の仕事に支障が出る」

「最近お前がやたらと夜警をやりたがっていることに、他でもないこの私が気付いていないとでも思ってるのか？」

「……バルテ補佐官様、どうか俺と一緒に城にお戻りください」

極めつけの一撃を放たれ、途端にクレインの態度が軟化する。

そのうえバルテの手から伝票を取ろうとするのは、ここは奢《おご》って口封じをしようとしているのだろう。

もっともバルテはクレインの態度を見て満足したようで、上機嫌で笑うと伝票を片手に歩き出してしまった。賑やかな食堂内だが、彼の笑い声はやたらと通りがよい。

それをクレインが慌てて追いかけ、二人が店を出ていく。

ソニアはそれを茫然《ぼうぜん》と見送るしかなく、しばらくするとようやく我に返り、頬を赤くさせながら運ばれてきたデザートに口をつけた。

※

その夜もクレインは窓辺に姿を現した。

ここ最近は二日に一度、それどころか連日して顔を出すこともある。

だが長居をするわけではなく、他愛もない雑談を交わすだけだ。もとより彼は夜警の最中なのだから、ソニアも長くは引き止めるまいと考えていた。

お茶を用意して、それを飲み終えるまでだ。

（夜警が多いのは夜目が利くから、私のところに来るのは小休憩。そう思っていたけど……）

日中バルテから聞いた話を思い出しつつ、お茶の用意をする。

窓辺にはクレインが腰かけており、今では見慣れた光景だ。

彼も別段ソニアの自室を意識している様子はなく、今はカーテンをまとめているタッセルを突いて揺らしている。どことなく嬉しそうにしているが、楽しいのだろうか。

だがソニアが二人分のカップを手に近付けば、はたと気付いてこちらを向いた。コホンとわざとらしい咳払いをするは遊んでいたことを誤魔化したいに違いない。

なんとも分かりやすいが、黒毛に覆われた大きな手で小さなタッセルを突っつく彼の姿が可《か》愛《わい》らしく、ソニアは今日もまた気付かないふりをした。

「昼は邪魔して悪かったな」

「お昼？　邪魔だなんてとんでもない、楽しかったわ」

「だが落ち着いて食事ができなかっただろう」

詫びるクレインに、彼にカップを差し出しながらソニアは肩を竦《すく》めて返した。

邪魔をされたとは考えていないし、元々彼等が座っていたテーブルにソニアが相席したのだ。だが落ち着いて食べられなかったのは事実である。

と言っても落ち着かなかったのはクレインのせいではなく、そもそも彼も被害者の一人だ。すべてはバルテのお喋りのせいである。まったく厄介な補佐官ではないか。

「でも、あのあとデザートを食べてお店を出ようとしたんだけど、食事代をバルテ補佐官が払っていてくれたみたいなの」

そうソニアが日中の、彼等と別れた後のことを話す。

二人を見送りようやく落ち着けるとデザートを堪能し食堂を出ようとしたところ、会計は済んでいると店員に言われてしまったのだ。聞けば、バルテが自分達の分と一緒にまとめて支払っていったという。

「払っていただくなんて申し訳ないわ。明日きちんとお返ししなきゃ」

「受け取らないぞ」

きっぱりとクレインに断言され、ソニアはなぜかと問うように彼を見た。

曰く、バルテは一人で食事をすることを極端に嫌い、必ず誰かを同行させる。そして同行した者の分まで食事代を払う。同行者が自分の分は自分で払うと言いだしても、のらりくらりと躱《かわ》し、気付けば支払いを終えてしまうらしい。

「それでも無理に金を返そうとすると……。どうなると思う？」

「ど、どうなるの？」

勿体《もったい》ぶるようなクレインの口調に、ソニアがゴクリと生唾を飲んで先を促す。

「あの怒涛の喋りに圧倒され、金を返すタイミングを失い、気付けば再び補佐官と食事をしているんだ」

参ったと言いたげなクレインの言葉に、ソニアはきょとんと目を丸くさせた。

気付けば再び食事とは、もはや『お喋り』の領域を超えている。だがクレインには嘘をついている様子はなく、それどころか彼も経験者だという。

「俺も何度も金を返そうとした。だがそのたびにあの喋りに圧倒され、気付けばバルテ補佐官と食事をしているんだ」

「怒涛のお喋りは相手の意識を翻弄《ほんろう》させるの？」

「あれは凄いぞ。俺は以前、気が付いたら庭園で補佐官とケーキスタンドを挟んで紅茶を飲んでいたからな」

当時を思い出しているのか、遠い目をしながらクレインが話す。それを聞き、ソニアは思わずその光景を想像した。

庭園というのは城内にある庭園のことだろう。

常に手入れがされ花が咲き誇る、豪華な城内でもとりわけ美しい場所だ。風が吹き抜け草木を揺らし、歩いているだけで心地よくなる。

そんな庭園で、ケーキスタンドを挟んでお茶をするクレインとバルテ……。

その光景を想像し、ソニアは思わず笑いかけてしまった。ふはっと息を吐き、慌てて口元を手で隠す。ジロリと睨んでくるクレインには笑っていないと首を横に振って誤魔化しておいた。

――笑っていないと訴えること自体が、笑っていると自白しているような気もするが――

「つ、つまりバルテ補佐官にお金を返そうとしても受け取ってくれないのね」

「あぁ、そうだ。今まで一人として補佐官に金を返せた者はいない」

「そんな、私は相席で座っただけなのに。申し訳ないわ……」

「申し訳ないと思うなら、また食事に付き合ってやればいい。それか昼時にそれとなくルイを補佐官に近付けさせろ」

「なるほど、お礼にルイを差し出すのね。良い案だわ」

真剣な顔つきでソニアが頷いて返せば、クレインがニヤリと笑う。

黒豹らしい口角を上げるその笑みは、初めて見た時には獣らしい迫力を感じたものだ。もっとも、今では「悪い顔ね」と冗談めかす余裕ができた。

そうしてしばらくは他愛もない雑談や冗談を交わし、いつの間にか減っていたカップの最後の一口を飲み込んだ。

「それじゃあ、明日のお昼はそれとなくルイを補佐官のもとに近付けさせるわね」

「あぁ、そうしてくれ。明日はゆっくりと食事ができそうだ」

嬉しそうな声色で話し、クレインが手にしていたカップを手近にある机に置いた。どうやら彼も飲み終えたようだ。

カタンと小さく聞こえる音は、この雑談の終わりを告げる音。どちらが先に飲み終えるかは夜ごとに違うが、今夜は彼の方が僅かだか早かった。

そうして「邪魔したな」とクレインが窓縁から飛び降りる。

ソニアが追いかけるように窓から外を覗けば、いつも通り佇む彼の姿。小声で就寝の言葉を告げれば、漆黒の尻尾がゆらりと揺れるのが月明かりの下で見えた。

クレインの姿が暗がりの中に消えていくのを見届け、ソニアは机に置かれたカップを手に取った。

いつからか窓辺に現れる彼にお茶を出すようになり、そして彼専用のカップを用意するようになった。

メイドとして他人にお茶を淹《い》れることは日常茶飯事、むしろ仕事の一つ。なのにこのカップにお茶を注いでいる時だけは妙な心地よさを覚える。

(明日はバルテ補佐官にお礼を言わなきゃ。でも、またクレインとのことを聞かれたらどうしよう。補佐官は勘違いをしているのよ。……勘違い、なのよね)

そのはずだと心の中で言い聞かせる。

だが日中に聞いた、クレインがわざと夜警をしているという話が耳に残って離れてくれない。雑談の最中に何度も思い出して、そのたびに頬が赤くなっていないか不安になるほどだった。

「……でも、勘違いじゃなかったとしても、私にその資格なんてないわ」

そう小さく呟けば、胸の高鳴りも一瞬にして収まってしまう。

代わりに心臓が鷲掴みにされたように苦しみを訴えだし、見たくないと分かっていても机の引き出しに視線がいく。そこにしまってあるのは、ヘイルドから渡された真っ赤なブローチだ。

忘れたわけではない。

忘れられるわけがない。

忘れられたらいいなと思って生活しているだけだ。

(いつかは決断しなきゃ。でも、すべてを知ったらクレインはどう思うかしら)

ルイとコーネリアはどうなるのか、そんな不安を抱いていたが、そこにクレインに対しての不安も加わった。心は重くなるばかりだ。

そんな心の重さを誤魔化すように、カップを手に流し場へと向かう。今は悩むよりもカップを洗わねば。もちろんこんなのは現実逃避である。

そう考え流し場へと向かう途中、背後からカタンと小さな音がした。

これはクレインが窓辺に上がってきた時に出す音だ。彼はいつも音を出して自分が来たことを知らせる。彼なりの「お邪魔します」とでも言えるだろうか。

「どうしたの、クレイン？　なにか忘れ物？」

せっかくだからもう一杯お茶でも誘おうか、そう考えてソニアは窓辺へと振り返り……、
そこに一人の見慣れぬ青年を見つけ、咄嗟にカップを落としかけてしまった。

「え、あ、あの……」

「何度も悪いな。その……ちょっと話しておきたいことがあって戻ってきた」

窓辺に腰かけ、青年がばつが悪そうに余所を向きながら話す。

背丈は高く四肢は長い。灰色を基調とした騎士服が鍛えられた体に似合っており、首元のスカーフが夜風に揺れる様は絵になっている。居心地悪そうに雑に頭を掻けば短く切られた黒髪が揺れ、金色の瞳が所在なさげに泳ぐ。

……金色の瞳。

その瞳に見覚えがあり、ソニアは心の中でもしやと呟いた。一度その考えが浮かべば、青年の声もどこか聞き覚えのあるものに思えてくる。

窓辺に座る体勢も、声も、瞳も。つい先程までそこにあったものと同じだ。

「まさか、クレイン……？」

自分でも信じられないと言いたげにソニアが問えば、青年が不思議そうに顔を上げた。

いったいどうしたのかと逆に尋ねてきそうな表情をしている。訝《いぶか》しげな金色の瞳、その色合いはやはり黒豹を彷彿とさせるのだ。

だが今目の前にいる青年はクレインとはまったく違う姿をしている。獣人ではなく、ソニアと同じ人間だ。

だけどどうしてか、青年を見ているとクレインの姿が浮かぶ。

そんなソニアの困惑を見て取ったのか、青年が案じるように「どうした？」と尋ねてきた。

その声はやはりクレインのものだ。

「どうしたって、私の方が聞きたいわ……。その姿……」

「俺の姿？」

わけが分からないと青年が怪訝《けげん》そうにし、次いでふと自分の手を見つめ……。

サァと顔色を青ざめさせた。

どうやら今の今まで自分の姿に気付いていなかったらしい。そしてこの反応を見るに、この青年はやはりクレインだったようだ。本人は黒豹の姿のままだと思い込んでいたようだが。

「違う、この姿は……つい……！」

「やっぱりクレインなのね！　どうして人間の姿になってるの⁉　さっきまで黒豹のいつもの姿だったのに、なにがあったの⁉」

ソニアが駆け寄ると共に問えば、クレインが慌てふためき「違う」だの「これは」だのと的を射ない言葉を繰り返す。仮に彼の姿が黒豹のままであったなら、黒毛に覆われた尻尾はさぞや太くなっていたことだろう。

だが人間の姿になった彼には尻尾もなければ耳もない。

まったくの別人。いや、別人どころか種族さえ違う別の生き物だ。ソニア自身、よく気付けたと自分に言いたいぐらいである。

「その姿、どこからどう見ても人間じゃない。どうして姿が変わったの？　なにがあったの？

もしかして具合が悪いとか？　大丈夫？　耳と尻尾はどこにいったの？」

「頼むからそう矢継ぎ早に質問してくるな。心配するようなことじゃないし、騒ぐほどのものでもない。聞きたいことはあるだろうが、聞くならせめて一つずつ聞いてくれ」

「一つね、分かったわ。ズボンに開けた尻尾の穴はどうなってるの？」

「よりにもよってそれか……。尻尾の穴は開いたままだ」

クレインが首元のスカーフをスルリと外し、ズボンの腰元に端を押し込んだ。尻尾用の穴をスカーフで隠すつもりらしい。

「その姿は一時的なものなの？　それともずっと？　ずっとなら穴を縫ってあげるわ。私これでも裁縫は得意なの」

「大丈夫だ。この姿は一時的なものだから落ち着けばすぐ元に戻る」

スカーフの位置を調整しつつ、クレインが説明する。

その口調も、声も、仕草も、ソニアの知るクレインのままだ。姿は全く違うというのに、話を聞いているうちにその違和感も次第に薄れていく。

「元に戻るとしても、どうしてその姿になったの？」

「それは……。ソニアに話があって、それを言おうとしたらだな……」

「私に話？」

話をしようとしたら黒豹の獣人から人間の青年になった……などと、まったくもって理解できない、夢物語のような説明ではないか。そもそも昨日も一昨日も変わらず窓辺で話をしていたのに。

だからこそ詳細を求めるように首を傾《かし》げれば、クレインがコホンと咳払いをした。心なしか頬が赤い気がするのは人間になった反動だろうか。黒毛に覆われていたら分からない変化だ。

「今のは違う、忘れてくれ。俺の今の姿とはまったく関係ない」

「関係ないの？　ねぇクレイン、私いまとても混乱してるの。ややこしい説明はしないで」

「分かってる。それで俺がこの姿になったのは……」

言いかけ、クレインがじっと見つめてきた。

人の姿になったとはいえ、瞳の色は変わらない。吸い込まれそうな金色だ。どれだけの黄金を積んだとしても、この瞳の色合いには敵《かな》わないだろう。

そんな瞳でじっとソニアを見つめ、クレインがゆっくりと口を開いた。鋭利な牙が覗く黒豹の口ではなく、人間の口である。

獣人が人化した理由を知れると、ソニアの胸に期待が湧く。

今まで獣人と人間は交流を避けており、彼等が姿を変えられることすら知らなかった。もしかすると、この神秘に触れる初の人間になるかもしれない。

そんな緊張感が漂う室内で、クレインが「実は」と言葉を続けた。

「俺がこの姿になったのは……腹が減っていたからだ……」

重苦しい口調で告げられる説明に、ソニアはきょとんと目を丸くさせた。

「夕飯は食べなかったの？」

「……仕事が長引いて食いっぱぐれたんだ」

「そうなのね。パンがあるけど食べる？」

「いや、帰りに何か買っていくから問題ない。それより、俺は話があって戻ってきたんだ」

話を改め、クレインがぐいと身を寄せてくる。

今の彼は黒髪の青年。瞳は記憶にある金色の瞳と変わらないが、目鼻立ちは黒豹の時とは変わっている。どこからどう見てもただの青年だ。

そのうえ、人間の姿のクレインはやたらと見目が良い。黒豹の時も整った顔つきだと思っていたが、人間の青年になるとより見目の良さが分かる。

精悍《せいかん》な顔を寄せられ、じっと見つめられ、ソニアは一瞬言葉を詰まらせた。

「は、話って……？」

「日中にバルテ補佐官が話していたことだ。その……お、俺は補佐官が言う通り、あえて夜警を多く入れている」

「え……？」

「毎晩夜警に入れるよう、自分で申請しているんだ。無理を言って代わってもらっている時もある」

緊張しているのか、クレインの声は普段より少し低い。

だが今のソニアはそれに気付く余裕などなく、彼に告げられた話に心臓が早鐘を打つのを感じていた。

日中にバルテが話していたこととは、彼等が店を出る前に交わしていたやりとりのことだろう。

『最近お前がやたらと夜警をやりたがっていることに、この私が気付いていないとでも思ってるのか？』

そう茶化すようにバルテが言っていた。

その後すぐさま二人は店を出てしまったため、ソニアは真偽を確認できずにいた。もちろんクレイン本人に聞けるわけがない。

それを今、目の前で、真実だと打ち明けられた。

ソニアの心臓が痛いほどに鼓動を速め、「それって……」と口から漏れた声はだいぶ上擦っている。

「ク、クレイン……」

「その、つまり、そういうことだ……。それじゃ、邪魔して悪かったな」

ソニアの言葉を遮り、クレインが別れの言葉を継げて窓辺から降り去ってしまう。焦っているように見えたのは彼も照れていたからだろうか。

窓の下を見れば、月明かりに佇む青年の姿。黒髪が月の光を受けて艶めき、金色の瞳がじっとソニアを見つめている。今夜初めて見る青年、だがその姿はいつもの黒豹の騎士そのものだ。

「……おやすみ、クレイン」

少し上擦った声で告げれば、人間の姿であっても聴覚は変わらないのか、眼下の青年が片手を上げた。

去っていく彼の後ろ姿は、やはりいつも通りのクレインそのものだ。だがゆらゆらと月明かりに揺れる尻尾はなく、なんとも不思議である。

その姿を見届け、ソニアは深く息を吐くと窓辺の椅子に腰を下ろした。

机の引き出しから取り出したのは、ヘイルドに押しつけられたブローチ。真っ赤な宝石が輝いている。ギラギラとなんとも嫌らしい輝きだ。

こんなものがしまわれているとは知らず、クレインは自ら夜警を望んでいると打ち明けてくれた。

その言葉がなにを意味するか、彼がなぜ夜警を望んでいるのか、それが分からぬほどソニアは鈍感ではない。

彼の言葉を嬉しいと思う。自分が彼専用のカップを用意していたように、クレインもまた窓辺の会話を大事に考えてくれていたのだ。

それを思えば胸が温かくなる。早鐘を打ち、温まり、なんて心地よいのだろうか。

……だけど、とソニアは机の上に置いたブローチに視線をやった。高価だと一目で分かる宝石。だがソニアの目には禍々《まがまが》しく映り、視界に収めれば一瞬にして心が凍《い》てついてしまう。

(コーネリア様が幸せになれる選択をしなきゃ。ルイにも迷惑を掛けられない。そのためには自分はどうなってもいいと考えていたわ。だけど……)


私も幸せになりたい。

できることならばこの国で。

叶《かな》うならば彼と。


そう考え、ソニアは深い溜息とともにブローチを引き出しにしまった。

クレインを照らしていた月が次第に雲に隠れ、窓から差し込んでいた光が細くなる。

そうしてソニアの指先に触れる直前、まるでお前に照らされる資格はないと突きつけるかのように消えていった。

【第三章】『過去にとらわれて……』


「クレイン、貴方《あなた》また夕飯を抜いたの？」

ソニアが尋ねたのは、いつも通り慌ただしくも充実した一日を過ごした夜。

今夜もまたクレインが窓辺に現れたのだが、彼の姿は日中城内で見かけた時と違い人間の姿だ。黒毛に覆われた耳も尻尾《しっぽ》もなく、カーテンを留めるタッセルを突っつく手も人間と同じもの。大きく逞《たくま》しい青年の手だ。もちろん肉球もない。

初めて彼の人間としての姿を見てから一ヶ月は経《た》っただろうか。今ではどちらの姿も見慣れたもので、黒毛に覆われた獣人が来ても、黒髪の青年が来ても、ソニアは微笑《ほほえ》んで「こんばんは、クレイン」と出迎えてお茶を差し出していた。

それどころか、人間の姿の時は夕食を抜いたままの彼を気遣ってクッキーやマフィンを用意する余裕もできていた。時折は彼からも日頃《ひごろ》の礼としてお菓子の詰め合わせを貰《もら》い、これもまた夜の雑談を楽しくさせる。

だが、さすがにこの頻度は気になってしまう。

彼が初めて人の姿を見せて以降、その回数は次第に増えているのだ。

思い返せば昨夜もその前も、それどころかここ数日ずっと続いている。それも決まって日中は獣人の姿で、夜に人の姿で現れる。

つまり、朝昼はきちんと食事をし、夕飯を抜くことが多い……ということだ。

「騎士の務めが忙しいのは分かるけど、時間を見つけて夕飯はちゃんと食べておいた方が良いと思うわ」

「そ、そうだな……」

「夜警の時に何かあっても、お腹《なか》が空《す》いていて動けなかったら大変じゃない。しっかり働くためにはしっかり食べなくちゃ」

「あ、あぁ、ちゃんと考えておく」

熱く語るソニアに、クレインが苦笑いで返す。なんとも歯切れの悪い返事ではないか。用意したクッキーを一枚口に放《ほう》り込むと、まるでこの話は居心地が悪いと言いたげにタッセルへと視線を向けてしまった。

その態度にソニアは肩を竦《すく》め……ふと、夕食時にルイから聞いたことを思い出し「そういえば」と呟《つぶや》いた。

「ルイから、クレインがバルテ補佐官に夕食に連れていかれたのを見たって聞いたけど、一緒に食事はしなかったの？」

「えっ……それは……確かに食べたんだが……」

ソニアの問いに、クレインが途端にしどろもどろになる。

そんな彼を不思議そうに見つめ、ソニアは「ならどうして？」と促すように尋ねた。

最初にクレインが人の姿で現れた際、彼はその理由を『夕飯を食べていなかったから』と言っていた。それでどうして姿が変わるのかまったく理屈は分からないが、そもそも獣人自体がソニアにとっては未知の存在だったのだ。

獣でありながらも人のように生活する存在。ならば時に人寄りになってもおかしなものではないのだろう。……多分。

ルノア国にいた頃ならば「そんなことあり得ない」と言い切っただろうが、彼等と深く知り合った今、たとえ理解できない理屈といえども否定する気にはなれない。

どれほど不思議な話であろうと、自然と受け入れられるようになったのだ。だが受け入れたとしても疑問は湧《わ》く。

「夕飯は食べたのに今夜は人の姿なのよね。どうして？　バルテ補佐官のお喋《しゃべ》りを聞いていてあまり食べられなかったの？」

「いや、それは……」

タッセルをいじりながらクレインが呻《うめ》くような声を出す。

次いではたと何かに気付いたように顔を上げた。

彼が見上げるのは窓の外。暗い夜の闇《やみ》の中に、まるで煙のように分厚い灰色の雲が揺蕩《たゆた》っている。

今夜は雨こそ降らなかったが一日中天気は悪く、夜になっても月は雲に隠されてしまっていた。――メイド仲間達が「こういう日は毛がしっとりして嫌よね」と話していたのも覚えている――

時折申し訳程度に雲の隙間《すきま》から月が顔を覗《のぞ》かせるが、月明かりと言うほどのものではなく、これならば街灯の方が明るいだろう。

そんな夜空を見上げ、クレインがポツリと呟いた。

「月だ……」

「月？」

「そ、そうだ。今夜は月が出ていないだろう。だからこの姿なんだ」

断言するクレインの言葉に、ソニアはわけが分からないと首を傾《かし》げた。

月が出ていないから人の姿というのはどういう理屈だろうか。月とクレインを交互に見てもさっぱりだ。

それでも頷《うなず》いて返したのは、他《ほか》でもないクレインの話だからである。不思議な話だが、彼が言うのであれば事実なのだろう。

「理屈は分からないけど、クレインが言うのならきっとそうなのね」

「うっ……罪悪感が……」

「罪悪感？　どうしたの？」

「い、いや、なんでもない。月だ……そう、月が出ていないせいだ」

「食事が関係したり月が関係したり、貴方達って不思議ね。でも月が関係しているなら、エドガルド陛下やバルテ補佐官も今夜は人の姿なのかしら？」

「それは……。エドガルド陛下は人の姿かもしれないが、補佐官は違うだろうな」

「そうなの？　獅子《しし》と鳥の違いかしら……。哺乳類《ほにゅうるい》と鳥類の違いかもしれないわ。奥が深いわね」

難しい表情でソニアが考え込む。

それに対し、クレインは己の変化の話題だというのに興味がないのか「それよりも」と話題を変えてしまった。どことなく慌てているように見えるのは気のせいだろうか。

「コーネリア様は最近は常に陛下と一緒にいるようだな。先日もご一緒にお茶をしているところを見かけた」

クレインがコーネリアの名前を口にする。

それを聞き、ソニアはぱっと表情を明るくさせた。先程まで考えていた獣人の人型についての疑問も一瞬にして吹き飛んでしまう。――それを察したクレインが安堵《あんど》の息を吐いたが、もちろんそれにもソニアは気付いていない――

クレインの言う通り、最近コーネリアは常にエドガルドに寄りそい、すでに伴侶《はんりょ》と言える柔らかな空気を纏《まと》っている。

夜こそまだ自室で眠っているが、触れられる恐怖も癒《い》えてきたのか、先日はエドガルドの手がベールをめくり頬《ほお》を撫《な》でてきたと話していた。

その声色にもベール越しに透けて見える顔にも恐怖の色はなく、あるのは照れくさそうな気恥ずかしさと、そして惚気《のろけ》の甘さだけだ。

「エドガルド陛下はお優しい方だわ。コーネリア様のことを大事にしてくださっている」

「あぁ、陛下は偉大な方だ。それに、『コーネリア様ともう七日も一緒に食事をしていない』と同僚に愚痴るメイドに、コーネリア様をお返しするぐらいにお優しいしな」

「ど、どうしてそれを……！」

途端にソニアが顔を赤くさせ狼狽《うろた》えだすのは、彼が話すメイドが他でもないソニアのことだからだ。

コーネリアとエドガルドが心を通わせることはソニアにとっても嬉《うれ》しく、二人が共に過ごす時間が増えていくのは心から歓迎できた。

……だが三食に加えてお茶の時間まで共にされると、自分がコーネリアと過ごす時間が減ってしまう。痺《しび》れを切らしてマリネとレティに愚痴り、二人のふわふわの手で頭を撫でられ慰められていたのだ。

『もう七日もコーネリア様と食事を共にしていないわ。おかげで食が細くなって、完食するのが精一杯。おかわりをしていないのよ』と。

それがどういうわけかエドガルドの耳に届いてしまい、当人からその話をされソニアの顔は真っ青になり……、

「メイドに拗《す》ねられると困るからな。お前が休みの日はコーネリアを返そう」

と告げられ、真っ青だった顔を一瞬にして真っ赤にした。

まるで親を取られたと不貞腐れる子供のような言い分ではないか。

思い出せば今でも頬が熱くなってくる。そう考えてソニアが赤くなる頬を隠すように両手で覆えば、クレインがクツクツと楽しそうに笑った。

目を細め、口元を緩め、肩の力を抜いて笑う彼はあどけなく見える。爽《さわ》やかな好青年の穏やかな笑み。騎士服の凛々《りり》しさと合わさってまるで絵画《かいが》のようだ。

だがいかにクレインの姿が絵画のようであっても、今のソニアに見惚《みほ》れる余裕はない。羞恥心が募るだけだ。

これ以上笑われるのは堪《たま》らないと、慌ててカップに残っていた紅茶を飲み干した。音を響かせるためいつもより強めにトンと机に置き、すぐさま立ち上がる。

「クレイン、今夜は長居しすぎよ！」

「そうか？　いつもと同じくらいだと思うが？」

「いつもより長居してるわ。してるに決まってる。してるのよ！　夜警の最中に寄り道しているってばれちゃうわ！」

「それはもうバルテ補佐官にばれてるから良いんだが……。確かに夜警の最中だからな、もう戻った方が良いだろう」

ソニアの必死な訴えに、クレインが苦笑を浮かべつつ同意を示す。

そうしてグイとカップを呷《あお》って紅茶を飲み干すと、「邪魔したな」と一言残して窓辺からひょいと飛び降りていった。

ソニアが彼の後を追い、窓辺に手を掛けて外を覗く。今は月が出ておらず、等間隔の街灯と窓から漏れ出る光だけが彼の姿を照らしている。普段よりも暗い。

今のクレインは人の姿だ。誰《だれ》が見ても人間だと言うだろう。

だが不思議とソニアの目には、窓辺を見上げるクレインの姿に黒豹《くろひょう》の時の面影が映っていた。姿は全く違うのに同一人物だと確信を抱ける。

それが妙にくすぐったく、ソニアは小さく笑みをこぼしつつ、夜警に戻るクレインを見送った。

※

「皆は人の姿になるの？　なったら見せてね」

そうソニアが話をしたのは、仕事の休憩時間、仲のよいメイド仲間とお茶をしていた最中である。

今日も愛らしいメイド仲間達はソニアの話にきょとんと目を丸くさせ、中には不思議そうに耳を動かしたり尻尾を揺らしている者もいる。メイドは小動物が多いとはいえ、その種類は様々。疑問を抱いた時の反応もそれぞれ違う。

だが誰もが皆一様に不思議そうに見つめてくるので、さすがにこれはソニアにも分かる。思わず「何かまずいことを言ったかしら……」と呟くも、それを問うより先にガタと一人が腰を上げて身を寄せてきた。

猫の獣人マリネだ。彼女はもとより大きな目をこれでもかと丸くさせている。黒目も真ん丸で、それどころか頬に生えている髭《ひげ》がすべてソニアへと向けられている。

その姿はまさに興味津々《きょうみしんしん》。思わずソニアが背をのけぞらせてしまう。

「ソニアは誰かが人の姿に、貴女《あなた》と同じ姿をしているのを見たのね⁉」

「え、えぇそうよ……」

「ねぇ、それは誰⁉」

グイと更にマリネが詰めて尋ねてくる。

彼女どころか、今では他のメイドまでもが色めき立ち、中にはブンブンと大きく尻尾を揺らしている者もいる。

興奮のあまり黄色い声があがり、その賑《にぎ》やかさと言ったらない。

ここが城内の食堂で良かったと安堵してしまうほどだ。たとえば城下の喫茶店であったなら即座に店員が飛んできただろう。いや、いくら城内の食堂とはいえ昼時や混雑時であれば追い出されていたかもしれない。多忙で休憩に入る時間が押してしまい、食堂に自分達しかいないのが幸いだ。

そんな勢いに気圧《けお》されつつ、ソニアは再び「それで、誰なの⁉」と問い詰められてしまった。こうなっては話さないわけにはいかない。

「誰って……ク、クレインよ」

「騎士隊のクレイン⁉　彼がソニアと同じ人間の姿になっていたってこと⁉」

「え、ええ、そうだけど……」

ソニアが返事をすれば、よりいっそう甲高い声があがる。

いったいどういうわけか、中には「好条件ね」だの「私達のソニアに目をつけるなんてやるわね」だのとおかしな評価をし出す者までいるではないか。

まったくもってわけが分からない。

だが彼女達の盛り上がりは相当なもので、ソニアは様子を窺《うかが》いつつ、ほんの僅《わず》かな隙《すき》を狙《ねら》って「ねぇ」と声を掛けた。それでは足らず、マリネの尻尾を突っついてみる。

「みんな人の姿になるものじゃないの？」

「クレインがそう言ったの？」

「そうよ。夕飯を食べていない時とか、月が出ていない夜に人の姿になるって言ってたわ。でも種族によって違うみたいだから、皆は人の姿になるのかと思って聞いたんだけど……」

違うの？　とソニアがマリネに尋ねる。

それを聞き、彼女達はなにやら顔を見合わせてしまった。「きっと恥ずかしくて……」「ここは彼の顔を立ててあげた方が……」とひそひそと聞こえてくる。ソニアにとってはなんとも落ち着かない時間だ。

そうして彼女達はしばらく小声で話し合うと、うんと一度深く頷きあった。まるで何かを誓うように。

種族の違いゆえ彼女達の瞳《ひとみ》は多種多様だが、それでも一貫して決意と結束の色が宿っている。

そんな中、代表するようにマリネがソニアへと向き直った。ふかふかの毛で覆われた灰色の手が、ぽんとソニアの手を握ってくる。小さく可愛《かわい》らしい手だ。肉球はもにゅんと柔らかい。

「そうよ。クレインの言う通り、私達も色々な条件で人の姿になるの」

「信じられないわ」

「酷《ひど》いわソニア、私達が嘘《うそ》をついているって言うの!?」

マリネがパッと己の顔を手で覆う。ふにゃふにゃと不思議な鳴き声を出しているが、これは彼女なりの嘘泣きだろうか。レティが彼女の肩を抱き、悲痛な声で「信じてソニア！」と訴えてくる。

なんて白々しいのだろうか。先程までのやりとりを見せられて、いったいどうして信じられるというのか。

「もう、からかうのはやめてよ。換毛期に長期休暇を取るわよ」

ソニアが脅せば、メイド仲間達が——とりわけふわふわと柔らかな毛の者達が——慌てて謝ってくる。換毛期は獣人のメイド達にとって悩ましい時期、毛の生え変わりがないソニアは救世主なのだ。

これは死活問題と謝ってくるメイド仲間達を横目に、ソニアは考えを巡らせた。

（人の姿になるのはクレインだけなのかしら。でもこの間、クレインはエドガルド陛下も人の姿になっているかもと言ってたわ。それに皆の反応を見るに、姿が変わるのは重要なことなのかもしれない……）

今まで聞いた話を思い出しつつ、ソニアが考え込む。

と言っても、もとより『獣人が人の姿になる』ということ自体が理解の範疇《はんちゅう》を超えているのだ。考えたところで理屈が分かるわけがなく、謎《なぞ》は深まるばかりである。

そのうえメイド仲間達がやたらと生温かい目で見てくるのだから、疑問に居心地の悪さも加わってくる。

「もう、なんなのよみんな！　とにかくその目をやめて！」

ソニアが怒りも露《あら》わに訴える。

だが次の瞬間、まるでその訴えに被《かぶ》さるようにバタンと勢いよく食堂の扉が開かれた。

「ソニア、ソニアはいる？」

食堂を見回しつつ声をあげるのはメイド長だ。

どことなく困った様子のメイド長に、ソニアが立ち上がると共に返事をする。

いったいどうしたのかと尋ねれば、彼女はバサっと羽を広げた。人間ならば肩を竦める仕草になるのだろうか。

「ソニア、落ち着いて聞いてちょうだい」

「は、はい……」

メイド長の深刻な声色に、ソニアが固唾《かたず》を呑《の》んで続く言葉を待つ。

普段は穏やかなメイド長がこれほど声を落とすのだから、よっぽどの話なのだろう。自然と力が入り、先程まで黄色い声で盛り上がっていたメイド仲間達も今は無言でメイド長とソニアを見守っている。

「さっき連絡が来たの。……ルイとクレインが、訓練場で一騎打ちをすることになったみたい」

溜息《ためいき》交じりのメイド長の言葉にソニアは息を呑み、慌てて訓練場へと駆けだした。

騎士隊内に限らず、城内に勤める者同士の争いは御法度《ごはっと》である。

だが唯一許されるのが決闘だ。エドガルドに許可を貰い、彼の監視下のもと一対一で争う。

「そんな、どうしてそんな危険なことが許されるんですか！」

メイド長の話に、王宮内を駆けるソニアは悲痛な声をあげた。

この国は多種多様な種族を受け入れる平和な国だと思っていたのに、よりにもよって決闘が許されるなんて。

そのうえ辿《たど》り着いた訓練場には既に人だかりができており、決闘を止めるどころか煽《あお》るような声をあげているではないか。慌てて彼等の中へと割って入れば、クレインとルイが対峙《たいじ》しているのが見えた。

二人の周囲には人がおらず、円状に彼等を囲むようにして距離を取っている。

その輪の中で、二人は剣を手に一触即発《いっしょくそくはつ》の空気を漂わせていた。すでに幾度かやりあったのか、二人とも僅かに息が上がっている。

ルイもクレインも、ソニアが見たことのないような張り詰めた空気を纏っている。瞳《め》は鋭く、仮に今の彼等と対峙していたなら、ソニアは震え上がってしまっただろう。

声をあげて制止に入らなくてはと考えるのに、足も動かず、声も出ない。か細い声で彼等を呼ぶのがやっとだ。

だがその声も、再び剣を交えた甲高い音にかき消されてしまった。ソニアが息を呑み、祈るように二人を見つめる。

ルイが攻め込めばクレインは受け止め、次いでクレインが薙《な》ぎ払うように剣を振ればルイは身を引いてその一撃を躱《かわ》す。互いの一撃は決定打にせんと力強い。

素人目《しろうと》でも分かるほど激しい攻防。どちらが一撃を放っても心臓が跳ね上がり、見ているだけなのに呼吸する余裕すらない。

彼等を煽り、剣戟《けんげき》が激しければ激しいほど盛り上がる野次馬達が恨めしい。

そんな中にコーネリアとエドガルドの姿を見つけ、ソニアは慌てて彼等のもとへと向かった。

「コーネリア様、どうしましょう……！　ルイとクレインが！」

「ソニア、貴女も来たのね。大丈夫よ落ち着いて」

「そんな！　決闘なんてしたら怪我《けが》をしてしまいます！　エドガルド陛下、どうか二人を止めてください！」

ソニアがエドガルドに縋《すが》る。

だがそれに対して、彼は首を横に振るだけだ。

どうして……とソニアが小さく呟いた。

その弱々しい声を気遣ってか、エドガルドがポンと肩を叩《たた》いてきた。大きくズシリとした獅子の手だ。

「大丈夫だ、そう心配するな」

「ですが陛下……。もしも二人が怪我をしたら……」

「決闘とはいえ、剣は訓練用のものだ。いざとなれば俺《おれ》が止めるから安心しろ」

ソニアを宥《なだ》めるエドガルドの声は低く、心に馴染《なじ》んでくる。

気が急《せ》っていたソニアも次第に落ち着きを見せ、深く息を吐いた。エドガルドの低く深い声で「安心しろ」と諭《さと》されると不思議と落ち着いてくる。

それでも事態が好転するわけではなく、ソニアの表情には不安の色が濃く残っていた。なにせ再び剣戟が響き始め、見ればルイとクレインが剣を交わし、互いに押し合い状態で睨《にら》みあっているのだ。

次の瞬間にはどちらかが負傷してもおかしくない、一瞬の隙も許されない激しい攻防。再びソニアは胸元で手を握り、弱々しく彼等の名前を口にした。

だがそんなソニアとは真逆に、攻防を見るエドガルドは随分と落ち着いている。それどころか時には二人の攻防を褒めているではないか。

「決闘と言っても命を奪い合うものではない。騎士達は意見を違《たが》えると言い争うより剣で決着をつけたがる」

「……そう、ですか」

「血の気の多い奴《やつ》がたまに衝突する程度に考えておけ」

重く考えることはないと言いたいのだろう。現に周囲はクレインとルイを囃《はや》し立てるばかりで、止めるどころか危険を訴える者すらいない。青ざめているのはソニアだけだ。

曰《いわ》く、騎士の決闘はそう珍しいものではないという。

その性分からか騎士達は討論よりも剣技で決着をつけることを望み、そして勝敗がついた際には争っていたことも忘れて以前より仲を深めるという。そんなまさかとソニアが驚愕《きょうがく》するも、エドガルドは肩を竦めるだけだ。

この状況下、エドガルドが嘘をついているとは思えない。溜息交じりに呟かれた「騎士ほど単純な生き物はいない」という言葉には呆《あき》れの色さえ感じられ、話を聞いていた周囲の者達も頷いている。

だがそれを聞いてもソニアの不安が紛れることはなく、剣戟の音をあげ続ける二人へと視線を向けた。

黒豹のクレインに感化されてか、今はルイさえも獰猛《どうもう》な獣のようではないか。荒い呼吸をあげる二人の口から唸《うな》り声が聞こえてきてもおかしくない。

自分の知っている二人ではない。

その姿も、剣戟も、攻防のたびにあがる歓声さえも、今のソニアの胸を締め付ける。

見ていられない。

だが顔を背けることもできない。

そんな中、いっそう甲高い剣戟の音が響き渡った。

クレインの放った横一線の一撃がルイの胸元の装具を打ち壊したのだ。銀の装具が外れ、その欠片《かけら》が飛ぶ。

まっすぐに、コーネリアへと向かって……。

「コーネリア様!!」

ソニアが咄嗟《とっさ》にコーネリアを呼び、飛びかかるようにして抱きついた。

庇《かば》うために覆った腕の中で、コーネリアが小さく名前を呼ぶのが聞こえてくる。

次の瞬間、ソニアの額を何かが掠めた。

咄嗟に「痛い」と声にしてしまうが、さほどの痛みもない。驚きと痛みが半々、その程度だ。

だが待てどもそれ以上の痛みや衝撃はなく、ソニアは恐る恐る顔を上げた。

あれほどの勢いで装具の破片が飛んでいれば、今の軽い衝撃どころではない。なのにどうして……と顔を上げたソニアの視界いっぱいに、黄金色の手が映り込んだ。

大きく、逞しい、黄金色の毛で覆われた手。

眼前まで迫り微動だにしないその手にソニアはしばしば瞬きを繰り返し、ゆっくりと手の主《あるじ》へと視線をやった。

エドガルドだ。

彼は厳しい表情を浮かべて目の前を見ていたが、ソニアの視線に気付くとこちらを向いて目元を緩めた。

「怪我はないか？」

「は、はい……コーネリア様はご無事です」

ソニアがゆっくりと腕を放してコーネリアの様子を窺う。

彼女はどこか茫然《ぼうぜん》とした様子でソニアとエドガルドを交互に見ている。首を振るたびにベールがふわりと揺れ、その下から「どうしたの……？」と不思議そうな声が聞こえてきた。

自分めがけて装具の破片が飛んできていたことにも気付いていないようだ。それはつまり無事ということ。

ソニアが安堵の表情を浮かべれば、同様に安心したのかエドガルドも小さく息を吐いた。

次いで彼は黄金色の手を揺らし、ソニアとコーネリアに見せるようにゆっくりと手を開いた。

人の形でありながら獣の毛で覆われた手。節は太く、肉球も随分と硬そうだ。

その手の中に鉄の破片があるのを見て、ソニアはビクリと肩を震わせ小さく息を呑んだ。大きさで言うならばソニアの親指程度だろうか。欠けて鋭利に尖《とが》っている。

これが飛んできていたのだ。

当たっていたらどうなっていたか。もしも尖っている部分が刺さりでもしたら……。そう考えれば、サァと音を立てるようにソニアの顔が青ざめる。

「エ、エドガルド陛下……ありがとうございます……」

「いや、気にするな。それよりもお前は平気か？」

エドガルドにじっと見つめられ、ソニアは自分の額を軽く手で押さえた。

何かが掠めた瞬間こそ驚いて声をあげたが、すでに痛みはない。エドガルドが止めてくれた物とは比べものにならない小さな破片か、もしかしたら小石だったのかもしれない。

それでも案じてくれるエドガルドに、ソニアは無事だと答えようとし……。

「ソニア！　貴女、私を庇って怪我をしたの!?」

コーネリアにガバと顔を押さえられた。

目の前には揺れるベール。あまりに間近に寄られすぎて、鼻先にベールが掠《かす》ってくすぐったい。

その奥にある麗しい顔には怯《おび》えとさえ言える焦燥の色が見え、目元が歪《ゆが》めば右目の傷跡も痛々しく歪む。

悲痛そうなコーネリアの表情に、ソニアは慌てて己の頬を押さえる彼女の手に自らの手を添えた。ソニアを案じるあまり恐怖を抱いているのか、ひんやりと冷たい。

「大丈夫です、コーネリア様。小さな欠片が額を掠めただけですから」

「額……？　ソニア、顔に……私のせいで……」

譫言《うわごと》のように呟き、コーネリアの手がソニアの額を探ってくる。

そこに傷跡でも見つけたのか、瞬間、コーネリアの瞳がベール越しでも分かるほどに見開か

れ……、
そしてふらりと彼女の体が後ろへと揺らいだ。

「コーネリア様！」

「コーネリア！」

ソニアとエドガルドが同時にコーネリアを呼び、倒れ込むその体を抱き留めた。


柔らかなベッドにコーネリアが横たわる。

苦しくないようにとベールはめくられ、普段隠されている顔は今は悲痛なほどに青ざめている。

だが駆けつけた医師によれば大事はなく、肌寒い外に長時間佇《たたず》んでいたことで体が冷え、それとソニアの負傷というショックが合わさって気を失っただけだという。

年老いた狐《きつね》の医師から問題ないと告げられ、ソニアは大きく安堵の息を吐いた。コーネリアが倒れた時に止まった心臓がようやく動き出したかのような気分だ。

「良かった……。わざわざありがとうございます」

「いえ、大事なお体ですからご無事でなによりです。ソニア様の額も」

医師の手がソニアの額へと伸びる。

少し薄まった橙《だいだい》色の毛。所々ぱさついてちらほらと白い毛が目立つのは、彼の種族ゆえか、もしくは老いからか。もとより細い目を更に細め、ソニアの額をツンと突っついてきた。

「こちらも大事ないようで、ようございました。些《いささ》か赤くなっておりますが、治療するほどではありません。放っておけば赤みも引くでしょう」

「はい、ありがとうございます」

「では私はこれで。血の気の多い騎士の手当てもしなくてはなりませんから」

「……お手を煩《わずら》わせて申し訳ありません。後できつく叱《しか》っておきます」

ソニアが俯《うつむ》きつつ告げれば、老狐の医師が楽しそうに笑った。次いでふわりと白衣とその隙間から出た尻尾を揺らして部屋から去っていく。

彼を見送り、ソニアは再びコーネリアのもとへと戻った。

横たわるコーネリアはまだ意識を戻していないが、顔色は先程よりかはよくなっている。傍らで見守るエドガルドがゆっくりと彼女の頬に触れ、右目の目尻《めじり》を指の先で撫でた。

獣らしい大きな手。飛んできた鉄の破片を受け止めてもびくともしなかった。だが今コーネリアに触れる手の動きは見て分かるほどに優しく、まるで壊れやすいガラス細工に触れているかのようだ。

そんなエドガルドの隣に座り、ソニアもまたコーネリアの顔を覗き込んだ。

ソニアを案じて青ざめていた時よりは幾分落ち着いている。これならばじきに目を覚ますだろう。

「良かった……」

「あぁ、大事なくて良かった。しかしまさか倒れるとはな」

さすがに驚いたと言うエドガルドの発言に、ソニアはコーネリアの顔を覗き込んだまま小さく吐息を漏らした。

コーネリアが気を失ったのは負傷したからではない。ソニアに庇われ、エドガルドに守られ、彼女の体には傷一つ付いていない。ソニアの額に小さな傷を見つけ、そのショックで意識を失ったのだ。

もっともそれは『あまりの怪我に見るに耐えかねて』というわけではない。ソニアの額の傷は傷とも言えぬ些細《ささい》なもので、赤くなった擦り傷程度だ。これで倒れるようでは地に立つより横になった時間の方が多くなるだろう。

ならば、コーネリアはなぜ倒れたのかと言えば……。

「コーネリア様は、私やルイの顔に傷が付くことを酷く恐れています。……ご自分が、それですべてを失ったから」

ポツリと呟き、ソニアはそっとコーネリアの目元に触れた。右の目尻に痛々しく残る傷跡。この忌々しい傷跡のせいで、コーネリアは父親から迫害され、薄暗い離れに閉じ込められ、そして貢ぎ物のように異国の地に嫁がされたのだ。

この傷跡さえなければ、今頃は他の王女達と共に優雅な生活に浸っていただろう。メイドもお付きの騎士も一等の人材を山ほど抱えられたはずだ。

それゆえか、コーネリアはソニアとルイの顔に傷が付くことを恐れている。

仮にソニアの傷が額ではなく手足だったなら、彼女も心配こそするが気を失いはしなかっただろう。


なんて哀れなのか。

コーネリアも、彼女がここまで追い込まれていると分かっても救えぬ自分達も。


深く息を吐きながらソニアはゆっくりと顔を上げ、次いで隣に座るエドガルドへと向き直ると深く頭を下げた。

「エドガルド陛下、兄がご迷惑をお掛けして申し訳ありませんでした」

「いや、謝らなくていい。ルイはお前の兄でもあるが我が国の騎士だ。お前の兄が俺に迷惑を掛けたと言うのなら、俺が従えるべき騎士がお前に要《い》らぬ心配を掛けたということにもなる」

お互い様というものだろうか。

それを話すエドガルドに、ソニアは僅かに目を丸くさせた。

なんと寛大な考えだろうか。仮にこれがヘイルドであったなら、ルイを不敬と罵《ののし》り、倒れたコーネリアを貧弱とあざ笑っただろう。

だがエドガルドはコーネリアを案じ、ルイの失態を詫《わ》びるソニアを気に掛けてくれた。

いや、そもそも装具の破片が飛んできた際、ソニアとコーネリアを助けてくれたのはエドガルドだ。

咄嗟に彼が手で庇ってくれなければ、破片は勢いのままにソニアにぶつかっていただろう。額の小さな擦り傷どころでは済まず、下手《へた》すればコーネリアまで怪我を負っていたかもしれない。

改めて感謝するも、エドガルドはこれに対してもまた当然だと言いたげだ。

「自国の者を王が守るのは当然だろう。コーネリアも大事なくて良かったが、お前も軽傷ですんで良かった」

穏やかな声色でエドガルドが告げてくる。

それを聞き、ソニアは言葉を詰まらせた。

（エドガルド陛下の中では、私も彼が守る国民の一人なんだわ……）

コーネリアを妻として受け入れ、ルイを己に仕える騎士の一人だと言った。ならばソニアもまた、彼の中ではオルデネア国で暮らすメイドの一人なのだ。

受け入れてもらえていた。

むしろ彼の中では既に当然のことだった。

それを嬉しいと思う反面、胸が痛む。今日も変わらずブローチをつけており、そして真っ赤な石の中には針が隠されている。

(ですがエドガルド陛下、私は……私のことだけは受け入れちゃ駄目なんです……)

胸元をぎゅっと強く握り、ソニアは視線だけで室内を見回した。

部屋にいるのはベッドに横になったコーネリアと、エドガルドと、自分だけ。医師は先程出ていき、周囲もコーネリアを気遣ってか部屋には入ってこない。

エドガルドはコーネリアの顔を覗き込んでおり、その表情は獅子のものでありながら穏やかだと分かる。

(陛下は私を信頼して油断しているわ。今なら針を出しても怪しまれない……)

そう考え、ソニアはブローチの装飾に触れた。今のエドガルドは油断しきっており、たとえソニアがブローチから針を出したとしても気付かないだろう。

わざとよろけてぶつかり、その瞬間に刺してしまえばいい。彼が不審に思っても、服の金具が尖っていて傷つけてしまっただの、どうとでも誤魔化せる。

針に仕込まれた毒が遅効性というのなら、刺して、それ以降は極力一人にならずエドガルドを避けて生活していれば疑われる可能性は低い。

今がチャンスだ。

今しかチャンスはない。

……だけど。

（陛下が油断しているのは、私を信頼してくださっているから……。それを裏切るような真似《まね》はできない……！）

己に言い聞かせ、ソニアはブローチに触れていた手を放した。あまりに力を入れすぎていたのか指先が痺れるように震える。

エドガルドに危害を加えることなどできるわけがない。

そんなことをすればヘイルドと同じ場所まで落ちてしまう。ブローチを受け取った以上、清《せい》廉潔白《れんけっぱく》とは程遠いが、あんな無様な男と同類になるのは嫌だ。

そう己を律し、ソニアはエドガルドの隣に立ちコーネリアの顔を覗き込んだ。

目を覚ました彼女は、エドガルドが自分を見守ってくれたことを知ればどう思うだろうか。目覚めた直後に眼前に獅子の顔があればさすがに驚くか、それとも慌ててベールで己の顔を隠すだろうか。

いや、もしかしたら微笑んで返すかもしれない。自分を見つめる獅子の瞳をまっすぐに見つめ返して、柔らかく微笑み、自ら手を伸ばして彼の頬に触れるのだ。

片や黄金の獅子、片や黄金の髪の王女、二人が仲睦《むつ》まじく触れあう様はさぞや麗しいだろう。

そんな光景を想像し、ソニアはゆっくりとコーネリアの金の髪を指で掬《すく》った。滑やかで眩《まぶ》しい金の髪。初めて見た時、これほど美しいものは世界に二つとないと思ったのを覚えている。

た」

「……美しいな」

ポツリと呟かれたエドガルドの言葉に、ソニアは吐息交じりに「えぇ」と答えた。

「実際に会うまで、コーネリアのことはヘイルド王から送られてきた肖像《しょうぞう》画でしか知らなかった」

「肖像画ですか？」

「あぁ、縁談の申し出と共に送られてきた肖像画だ。描かれていたコーネリアは美しいがどこか儚《はかな》く見えた」

エドガルド曰く、肖像画のコーネリアは微笑んではいるものの幸福感はなく、薄幸そうにさえ見えたという。顔の傷は隠されてはいるが絵師の技術が足りず、それもまた不自然に感じたらしい。

肖像画を用意したのはヘイルドだ。たとえ裏にオルデネア国を乗っ取る計画があったとしても、あの男がコーネリアに対して一流の画家を用意するとは思えない。おおかた、エドガルドが肖像画を気に入らなければ別の王女を嫁に出そうと考え、はした金で画家を雇い適当に描《か》かせたのだろう。

そんな考えが渦《うず》巻く中で、ただでさえ顔を晒《さら》すことを嫌がるコーネリアが心から笑えるとは思えない。肖像画に描かれていたという彼女の儚い微笑みは、胸中がそのままに表れたものだ。

「だがその肖像画を見て、縁談を申し込むことに決めた。この女を幸せにするのが俺の男としての務めだと本能で感じたんだ」

「……肖像画だけでですか？」

「あぁ、だがそれだけで十分だ。だというのに実際にオルデネア国に来たコーネリアは楽しそうに笑ってるじゃないか」

驚いたとエドガルドが苦笑する。

母国で冷遇を受け、はてには獣人の王に嫁がされる薄幸の王女。その胸中は不安と恐怖で占められているに違いない。

……そう思っていたという。

だが実際に目の前に現れたコーネリアは、その美しさこそ肖像画と変わらないが、凛《りん》とした佇まいと気高さを纏っていた。そしてお付きの二人に対しては姉のような温かな笑みを浮かべている。

「初めてお前達がオルデネア国に来た時にも伝えたが、俺はソニアとルイに感謝している。肖像画では儚く美しいと思っていたが、楽し気に笑うコーネリアの方が比べるまでもなく魅力的だ。そしてコーネリアが笑っていられるのは、お前達二人が常に隣にいたからだ」

穏やかな口調で告げるエドガルドの話に、ソニアは震える声で感謝の言葉を返した。

言ってしまえば、エドガルドとコーネリアの婚約は政略的なものだ。両国の利益をもとに、顔を見るより先に夫婦になることが決まった。そこには恋や愛が生まれる隙もなく、互いのことを深く知り合う時間さえもないのだ。

……だが、それでもエドガルドはコーネリアを愛している。

「エドガルド陛下、コーネリア様のことをお願いいたします」

ポツリと呟くように告げ、コーネリアの髪から手を放す。

さらりと指の合間を落ちていく金の髪が惜しく、だが掴《つか》めずに最後の一房を見送った。

そうしてゆっくりと立ち上がれば、追うようにエドガルドが視線を向けてくる。

獅子の瞳。この瞳を獰猛だと感じたのはいつだったか。

まだ一年も経っていないというのに、もう何十年も昔のことのように思える。

「ソニア、どこに行く」

去ろうとするソニアに何かを感じ取ったのか、エドガルドが声を掛けてくる。

それに対して、ソニアは誤魔化すように笑ってみせた。うまく笑えているかは分からないが、少なくとも今の胸の内は隠せているだろう。

「少し部屋の外に……。ルイの様子を見てきます」

「お前の姿が見えなくなれば、コーネリアは不安に思うはずだ」

暗に遠くに行くなと言っているのだろう。エドガルドの言葉に、ソニアは分かっていると頷いて返した。

今はコーネリアのそばを離れるつもりはない。今は、だが。

「ではコーネリア様のことをお願いします」

「あぁ、任されよう」

「失礼いたします」

深く頭を下げ、ソニアが部屋を出ようと扉へと向かう。

だが部屋を出る直前、エドガルドに「待て」と声を掛けられた。振り返れば、エドガルドがまっすぐにこちらに向かってくる。

そう広くもない部屋だ。あっという間に黄金の獅子はソニアの眼前に迫ってきた。目の前にするとなんと大きく、威圧感を覚えるのだろうか。

思わずソニアは身を強張《こわば》らせ、それでも何事かと問うように彼を見上げた。碧《あお》色の瞳がじっとソニアを見つめ、太く逞しい腕がゆっくりと近付いてくる。

殴るような速さではない。それでもエドガルドの腕や獅子らしい手はソニアには脅威に思え、何をされるのか分からず小さく肩を震わせて目を瞑《つむ》った。

思い出されるのは、ヘイルドに髪を掴まれた時の恐怖。ただの人間でしかないヘイルドですらあれほど恐怖を感じたのだ、それが獣人であるエドガルド相手なら……。

だがソニアの胸中の不安に反して、エドガルドの手はそっとソニアの前髪をよけ……ぐるぐると額に何かを巻きつけ、それが終わるやあっさりと離れていった。

ソニアが目を丸くさせ、先程までエドガルドが触れていた己の額に手を添える。

いったいなにを巻かれたのかと指先で確認し、「包帯?」と呟いた。どうやら正解だったようで、エドガルドがふわりと黄金の毛を揺らしながら頷く。

曰く、先程の老狐の医師に貰っておいたらしい。

「ですが陛下、包帯なんて大袈裟《おおげさ》ではありませんか?　先程のお医者様も放っておいて良いと仰《おっしゃ》っていましたし」

「いや、大袈裟ぐらいがちょうどいい。あいつらに見せるまで外すなよ」

「あいつら……?」

いったい誰のことを言っているのだろうか?

だがエドガルドに「外すな」と言われれば従わざるを得ない。それに傷を負ったのは確かなので、大袈裟ではあっても嘘ではない。

ならば良いかと考え、ソニアはエドガルドに礼を言うと今度こそ部屋を後にすべく扉に手を掛けた。


そうして部屋を出て、ルイを探しに行こうとし……、

「クレイン?」

とソニアが騎士の名前を口にしたのは、部屋を出てすぐ、曲がり角に彼の姿を見つけたからだ。

いや、正確に言うのであればクレインの姿というより、彼の尻尾だ。本人は曲がり角に身を隠しているつもりだろうが、黒毛に覆われた尻尾が角から覗いてゆらゆらと揺れている。

部屋の警備にしては離れすぎている。かといって待てども去ることもこちらに来ることもない。

どうしたのかとソニアが近付けば、案の定曲がり角の先にはクレインの姿があった。特に見るもののない正面の壁をじっと見つめ、黒毛の耳をぺったりと伏せている。

「クレイン、こんなところでどうしたの？」

「……コーネリア様は無事か？」

「えぇ、大丈夫よ。まだ起きてはいないけど、お医者様も問題ないって仰っていたし。今はエドガルド陛下が看《み》てくださっているわ」

「そ、そうか……。それなら良かった……」

ソニアの話に、クレインが僅かに安堵の息を吐いた。

だがいまだ彼の耳は伏せられたままで、見れば尻尾も忙《せわ》しなく揺らいでいる。

金色の瞳はまっすぐ壁を見つめているが、時折はソニアの様子を窺うようにチラと視線を向けてくる。何かを言い出そうとしてはムグと言い淀《よど》み、なんとも落ち着きがない。

(クレインは黒豹だけど、こういう時は小さな黒猫に見えるのよね)

彼の胸中を察し、ソニアが笑みをこぼした。

逞しく立派な黒豹の騎士。それが今は反省の色を全身から漂わせる小さな黒猫だ。笑うなという方が無理な話である。

「クレイン、大丈夫よ。エドガルド陛下は怒っていなかったわ。それにコーネリア様も、これぐらいで怒るような方じゃないわ」

「そ、そうか……お二人は優しいな。……でも」

チラとクレインが横目でソニアを見つめてくる。

「お、お前は……その……怒っては……」

これでもかと耳を伏せて尋ねてくるクレインに、ソニアはきょとんと目を丸くさせ、次いで彼の金色の瞳が自分の額を見つめていることに気づいた。

破片が掠めた額。今はもう痛みもなく、医者はしばらく放っておけば赤みも引いていくと話していた。むしろ既に跡は消えているかもしれない。

だがそれを知っているのは医者と、当人であるソニアと、そしてソニアと共に医者の話を聞いていたエドガルドだけだ。

傍目にはソニアの傷跡がどれほどのものかは分からない。なにせ今ソニアの額には包帯が巻かれているのだ。まるでその下に痛々しい傷跡があるかのような、大袈裟な処置。

なるほど、とソニアが小さく頷いた。エドガルドが言っていた「あいつら」とは、一人はクレインだ。包帯を見せて反省させようと考えたのだろう。

（王の采配というより、息子を躾《しつ》ける父親の手腕だわ）

そんなことを考えつつ、ソニアは己の額を指先で撫でた。

もちろん痛みはない。だがクレインは随分と案じており、金色の瞳が不安そうにソニアを見つめてくる。

「私も大丈夫よ。痛みはないし、跡も残ってない」

「本当か？」

「ええ、それに小さな破片が当たっただけだもの。騎士のように逞しいとは言わないけど、メイドだって頑丈なのよ」

これぐらい怪我とも言えない。そうソニアが冗談めかして告げれば、ようやく安心したのかクレインの表情が僅かに緩まった。

伏せられていた耳がゆっくりと起き上がり、忙しなかった尻尾も今はゆったりと揺らいでいる。

相変わらずの分かりやすさではないか。思わず笑いそうになるのを堪《こら》え、そういえばと改めてクレインを見上げた。

「そもそも、どうしてルイと決闘なんてしたの？」

エドガルドから『騎士は口論よりも決闘を好む』というのは聞いた。

ソニアからしてみれば物騒なことこのうえないが、それが騎士なのだと言われれば納得せざるを得ない。できればもっと穏便な方法で決着をつけてもらいたいものだが、騎士の性質にメイドが口を挟むのは野暮だ。

だがそもそも、いったい何が発端で決闘に至ったのか。

クレインとルイは同じ騎士隊に所属しており、仲も良好だとソニアは感じていた。

クレインからルイの話を聞くこともあれば、その逆もしかり。それどころかバルテから二人の話を聞かされることもある。——そして二人から同時にバルテの愚痴を聞かされることもある。相当気に入られているようだ——

そういった時、ルイもクレインも互いに嫌悪を感じさせる様子はなかった。むしろ互いを気に入っているような口振りで、聞いているソニアも嬉しくなるようなものだった……はずだ。

「なのにどうして決闘なんて」

「……あいつはいつも剣を下げているだろう」

「剣を?」

「騎士としての信条だと言っていたが、陛下の前や、騎士の詰め所でも片時も手放さない。それどころか俺達と話していても柄に手を掛ける時がある。それはつまり俺達を信用していないということだ」

不満そうなクレインの話に、ソニアは小さく彼の名前を呼んだ。

クレインはルイを仲間だと受け入れてくれていた。そして受け入れたからこそ、自分達の前でも警戒を解かず剣を手放さないルイを不満に思ったのだ。

「それで決闘を？」

「あぁ、奴に話しても頑《かたく》なに信条だと訴えてくるからな」

ふん、と不満そうにクレインが言い切る。

『剣を手放さない』という訴えに対しての決着のつけ方が『剣での決闘』というのはソニアには理解し難いものだが、これもきっと騎士ならではなのだろう。

決闘を申し出るクレインは騎士であり、それを受けるルイもまた騎士なのだ。

だけど……と考え、ソニアは小さく息を吐いた。

（騎士としての信条……。なんて、本当にそんな立派なものだったら、決闘で決着がついたのかもしれないのに……）

溜息を漏らすソニアに、今度はクレインが小さく名前を呼んできた。

見れば再び彼の耳はペタリと伏せられている。金色の瞳は困惑も露わにしており、黒豹の姿のため眉《まゆ》こそないが人型だったならさぞや眉尻《まゆじり》を下げていることだろう。

「べ、別にあいつを害そうと思ったわけじゃないからな。決闘はこの国の騎士にとっては討論と同じようなもので、敵意があったわけじゃない」

「クレイン？」

「こんな結果になったが、誰かを傷つけたいわけじゃないんだ……。愚直だったのは自覚しているから、だからそんな悲しそうな顔をしないでくれ」

申し訳なさそうにクレインが謝罪の言葉を口にする。

彼の言葉に、ソニアはようやく自分が悲痛な表情をしていることに気付いた。彼に対して「人型だったならさぞや眉尻を下げているだろう」と思っていたが、どうやら自分の方が酷い顔をしていたようだ。

分かりやすさで彼を笑えない。そう考えるも、ソニアは表情を明るくさせることができずにいた。

クレインはルイを傷つけようとしていたわけではない。むしろ仲間だと思っていたからこその衝突だ。

共に国を守る騎士だからこそ、騎士として決闘という決着のつけ方を望んだのだろう。そこには考えの衝突こそあれど、嫌悪や敵意はない。相手を理解し仲を深めたいと思ってこその決闘なのだ。

方法は危なっかしいが、正面からルイに向かっていってくれた。感謝の気持ちすら抱く。

ルイが剣を手放さない理由が本当に『騎士としての信条』だったなら、ソニアは喜んで二人の仲裁役になっただろう。

「……ねぇクレイン、少し話がしたいの。時間を貰っても良い？」

「話？」

「ええ、できればどこか落ち着いた場所で。ルイの剣について、クレインには本当のことを知ってもらいたいから」

無理だろうかとソニアが尋ねれば、クレインは僅かに思案したのち、「こっちだ」と歩き出した。

クレインが案内してくれたのは王宮の敷地の隅。

開けたその場所には簡易的な椅子《いす》とテーブルが用意されているが、人気《ひとけ》はなく静けさが漂っている。必要最低限の手入れをし、後は自然のままにしているのだろう。

鬱蒼《うっそう》とはしていないものの、王宮の賑やかさからはどこか隔離された印象を受ける。メイドとしてあちこち駆け回っているが、こんな場所があるとは知らなかった。

「王宮勤めでもここを知っている者はそういないだろう。俺も昔バルテ補佐官に教えてもらうまでは足を向けようとも思わなかった」

「バルテ補佐官に？」

「あぁ、ここなら一人で落ち着けるからと。それと……ここなら人気もないしサボれるとも教えてくれた」

当時を思い出しているのか、クレインがクツクツと笑いながら話す。

曰く、まだクレインが騎士になりたての頃、訓練に疲れた彼を気遣ってバルテがここに連れ出してくれたらしい。

「『訓練も大事だが、時には静かに過ごすことも大事だ』って言ってたな。まさかよりにもよってバルテ補佐官に言われるとは思わなかった」

「この王宮内で誰よりも沈黙とは縁がなさそうなのに」

名前を口にしただけで姿と同時に喋る声までも想像できてしまう。それほどまでにお喋りなバルテが、よりにもよって『静かに過ごすことも大事』とは。

信じられない……とソニアの胸に疑いの気持ちが浮かぶ。だが真相を探っている場合ではないだろう。そう己に言い聞かせ、『バルテ補佐官双子説』を思考の片隅に追いやる。——それほど信じられないのだ——

そうして古びたベンチに並んで腰かけ、ソニアは深く息を吐いた。

静かで落ち着ける場所だ。草花はあまり手入れをされておらず、それがかえって居心地の良い自然を感じさせる。

耳を澄ませば葉擦れの音が聞こえ、それに促されるようにソニアはゆっくりと深く息を吸い込んだ。

「ルイはね、剣を手放せないの」

「騎士の信条だろ？　確かにそれは分かるが、陛下の前や騎士の詰め所でも手放さないのはよっぽどだ。先日なんて、エドガルド陛下が剣を見たいと仰ったのに渡すのを拒否したんだぞ」

国と王を守るのが騎士であり、その術《すべ》が剣だ。

だと言うのに王にさえ剣を渡すことを拒否するとは、これでは本末転倒《ほんまつてんとう》。騎士としてはあるまじき行為である。

他にも、泥汚れを落とすために水浴びをした際にもルイは剣を下げたままで水を浴び、酒の席でも決して手放さないという。

最初こそ慣れぬ獣人の地で気を張っているのだろうとクレインも気にせずにいたが、仲間意識を抱けば抱くほど目に付くようになり、頑なな姿勢に不満が湧く。

そして今日の決闘に至ったのだ。

彼の話に、ソニアは小さく頷いて返した。

「ルイはいつも剣を下げているわ。騎士としての勤めの時はもちろん、非番で私と出かける時にも」

「慣れぬ者にとって、剣はあるだけで脅威になる。非番の時にまで剣を下げるのはあまり好まれないんだ。それなのにあいつは頑として譲らない」

「そうね……。それに、食事の時もいつも剣を下げてるわ。入浴の時も」

「……入浴の時も？」

さすがに入浴の際の帯刀には違和感を覚えたのか、クレインが怪訝《けげん》そうにソニアを見つめてくる。

金色の瞳は「どういうことだ」と尋ねてくるようで、ソニアはその視線から逃げるように眼前の光景を見つめた。

王宮内にある人気のない一角。位置的には元いた国の離れと同じだろうか。人があまり寄りつかず、誰しもに忘れ去られてしまったような場所だ。

だがここはあの離れと違い穏やかな空気が漂っている。

人気のなさは落ち着きを感じさせ、知る者が少なくとも寂しさはない。知る人ぞ知る特別な隠れ家、たとえるならばそれに近いか。

(ここにコーネリア様とルイを連れてきてあげたい。きっと二人とも気に入るはずだわ)

そう考え、ソニアは小さく溜息を吐《つ》いた。

きっとコーネリアもルイもこの静かな一角を気に入るだろう。だがその時もルイは剣を下げており、そしてどれだけこの穏やかな土地に癒《いや》されても手放すことはないのだ。

「ルイは入浴の時も剣を浴室に持っていくのよ。寝る時も、布団の中にまで持ち込むわ」

「それは……」

「ルイはね、剣を手放さないんじゃない。……手放せないのよ」

ソニアが静かに告げれば、ひときわ強い風が草花を揺らした。

銀色の髪が揺れる。ルイの赤銅《しゃくどう》色の髪とは違う、銀色の髪だ。

ソニアとルイは兄妹と名乗っている。

だが二人が実の兄妹ではないことは誰だって一目で分かるだろう。

ソニアは銀色の髪と薄水色の瞳、肌はコーネリアと同程度に白く、ルノア国ではさして珍しい風貌《ふうぼう》ではなかった。対してルイは赤銅色の髪と同色の瞳、なにより目立つのは褐色の肌だ。

これはルノア国でも珍しく、ソニアも褐色の肌は彼以外に会ったことはない。

そのうえ顔つきも全く似ておらず、二人の間に兄妹の繋《つな》がりを見いだす方が難しい。

それはクレインも分かっているようで、それどころか彼以外にもほとんどの者が気付いていたと教えてくれた。

「それでも兄妹だと言うのなら、そうなのだろうと……。向こうから話すまで俺達が口に出すことではないと判断したんだ」

「ありがとう。やっぱりこの国の人達はみんな優しいのね」

ソニアが苦笑しつつ答えれば、気まずい話題だと感じたのか、クレインがなんとも言えない表情を浮かべた。黒毛に覆われた耳は外を向き、尻尾が落ち着きなく揺らいでいる。

そんな分かりやすいクレインに、ソニアは「気にしないで」と一言告げた。と言っても、気にしないわけにはいかないだろうが。

「私とルイは元々孤児院にいたの。小さな田舎町《いなか》の古くて寂れた孤児院。私が預けられた時にはルイしかいなかったわ」

「それで兄妹なのか。だがどうしてコーネリア様のお付きになったんだ。そもそも、コーネリア様の輿入れ《こしい》にソニアとルイしかいないのもおかしいし、迎えに行った時には馬車に置いていかれてたじゃないか。扱いが悪いというのは聞いていたが、あれじゃ悪すぎる」

クレインが矢継ぎ早に疑問や訴えを口にしてくる。その様子は、今まで内に押しとどめていたものが堰《せき》を切ったとでも言いたげだ。

きっと今までソニア達に対し疑問を抱き、何度も問おうとし、それでも気遣って聞けずにいたのだろう。今の彼の表情や勢いは、溜《た》まりに溜まった疑問を今なら聞けるかもと焦っているようにさえ見える。

「落ち着いてクレイン。ちゃんと全部答えるから」

「……そ、そうだな。急かしてすまない。まずは話を聞かせてくれ」

ソニアが宥めることでようやく我に返ったのか、クレインが己を落ち着かせるように深く息を吐く。

そんな彼を横目に、ソニアは再び眼前の光景へと視線を向けた。

ソニアとルイが暮らしていたのは、自然に囲まれた小さな田舎町の孤児院。

切り盛りしていたのは『院長』と呼ばれる一人の老いた女性のみ。子供もソニアとルイしかおらず、孤児院というよりは祖母と孫の暮らしに近かった。

経営はお世辞にも好調とは言えず、ソニアとルイの独《ひと》り立ちを待ち孤児院は閉鎖予定。それどころか周囲は老いた院長を案じ、ソニアとルイを余所《よそ》の孤児院に預けて早々に閉めるべきではと提案していた。

その空気は子供ながらに二人も感じており、早く大人《おとな》になろうと誓い合ったのを今でも覚えている。

「そんな生活の中で、私達が住んでいた町に王が視察でいらっしゃったの。みんな騒然として、私もルイも一張羅を着て見に行ったわ」

娯楽もなにもない片田舎の町にとって、王の視察は歴史に残るほどの一大行事だ。と言っても華美なものを好むヘイルドは田舎町になど興味があるわけがなく、すぐさま領主の屋敷にこもって宴会三昧《ざんまい》だった。

だが王が連れていた王女は違った。美しく麗しい王女。まじめな彼女は若いながらも視察の意味をきちんと理解し、村人達の声に耳を傾けていた。

……そして、寂れた孤児院の兄妹について知ったのだ。

「それで、コーネリア様のお付きに？」

「えぇ、当時はまだコーネリア様のお付きはたくさんいたから、私もルイも見習いから始めたわ」

当時のコーネリアは顔に傷跡もなく、美しさは姉妹達の中でも群を抜いていた。今となっては信じられないがヘイルドもコーネリアを取り立てて目を掛けており、視察に連れ回していたのも娘自慢だったのだろう。

王宮の豪華な一室で生活し、調度品やドレスも一級の品々。常に華やかに着飾り、メイドや使いに囲まれる不自由のない生活。

田舎の孤児院しか知らないソニアとルイにとって、そこは別世界だった。

華やかで、目映《まばゆ》く、輝かしい。仕えるコーネリアは美しく優しく、皆から愛されていた。

世界が一転したかのようだった。

そしてその世界は、もう一度一転する。

「コーネリア様が十三歳の時、王宮内で怪我をしたの。特に顔は……酷い怪我で、数日熱にうなされていたわ」

「立て付けの悪かった調度品が倒れたと聞いた。飾っていたガラス細工が割れてコーネリア様の目元を傷つけたんだろう？」

確認するように尋ねてくるクレインの言葉に、ソニアは目を細めた。

思い出すのは、コーネリアが怪我をしたあの忌々しい日。今でも鮮明に思い出せる。

「……違うわ」

「違う？」

「あれは事故じゃない。コーネリア様の美しさを妬《ねた》んだ者が、陥れるために仕組んだのよ」

調度品が倒れ、それにコーネリアが巻き込まれたのは事実だ。助け出された彼女は目元に大きな傷を負い、それが今日まで痛々しく残っている。

だが真相はそれだけではない。

調度品は何者かによって倒された。

事故ではない。確かな悪意のもと、故意に引き起こされたのだ。

あの瞬間、ソニアは確かに調度品の陰に人影を見た。

呟くようにソニアが当時を語れば、クレインが言葉を失う。

だがすぐさま理解したのかガタと立ち上がった。その表情には驚愕と怒りが綯《な》い交ぜになり、全身の毛が逆立っている。小さく聞こえてる低い音は唸り声だろうか。その姿はまさに獰猛な豹だ。

「いったい誰がそんなことを！」

「誰かは分からないわ。そもそもあの場にいたのは私とルイだけで、話をしても誰も信じてくれなかった」

ソニアが深く溜息を吐く。

だが確かに、調度品の陰に人影があった。留め具を外し、コーネリアを巻き込むように倒したのだ。

姿を隠すように布を被っていたため顔は確認できず、唯一見えたのは、逃げる際に翻《ひるがえ》った赤い服だけ……。

それを聞き、クレインの表情が更に険しくなった。

「目撃したのは二人だけとは言え、王宮内であれば犯人は特定できるはずだろ。ヘイルド王はどうして犯人を探さなかったんだ」

「コーネリア様の顔が傷ついたからよ」

言い切るソニアの言葉に、クレインが再び言葉を失う。

コーネリアの顔に傷跡が残ると分かるや、ヘイルドは彼女からすべてを奪ってしまった。

広い部屋も、豪華な調度品も、美しいドレスも。それどころか身の回りの世話をするメイドや騎士さえも、美しさを失ったコーネリアにつけるのは無駄だと言わんばかりに。

そうして果てには、王宮の一角にある離れに追いやったのだ。

薄汚れ埃《ほこり》まみれになった小屋を前に、こんなところで生活するのかと青ざめるコーネリアの顔は今でも覚えている。今までの生活が華やかだったからこそ、目の前の光景は悲惨に映っただろう。

「あの時ルイと約束したの。なにがあろうと私達だけはコーネリア様をお守りしようって。広い部屋も高価なドレスも用意できないけど、私はメイドとして、ルイは騎士として、すべてを擲《なげう》ってでも絶対にコーネリア様に不自由はさせないって……」

「だからルイは常に剣を下げているのか」

「もう二度と誰にもコーネリア様を傷つけさせないって約束してくれたわ。あの時に守れなかったからって……」

騎士としての覚悟というより、強迫観念に近いだろう。

薄汚れた小屋に追いやられて以降、ルイは寝食の時でさえも剣を手放せなくなった。ソニアの前でこそ温和な兄でいるが、いざコーネリアのためとなると彼は一瞬にして鋭い眼光の騎士になる。

手放さないのではない。

手放せないのだ。

剣も、敵意も、警戒心も。

「だから皆のことを信頼していないわけじゃないの。ただ、信頼していても心のどこかで引っかかっちゃうだけ」

「……そうだったのか」

そう説明し、ソニアは数十分前のことを思い出して己の額に手をやった。

指先に触れるのは包帯。エドガルドが巻いてくれたものだ。

あの時、伸ばされた手にソニアは身構え恐怖すら覚えてしまった。殴られるのではないか、ヘイルドの時のように髪を掴まれるのではないか、そんな恐怖感が胸を占めたのだ。

エドガルドは慈愛に満ちた王だと分かっているのに。彼を信頼しているのに。それでも一瞬にして恐怖が湧いた。

自分もルイのことは何も言えない。彼が敵意と警戒心を手放せずにいるように、ソニアの心には恐怖心が植え付いている。

（もしかしたら、コーネリア様が最初にあの離れから抜け出せるかもしれないわね。ルイもそれに続ければ良い。……でも、私はずっと出られないわ）

心の中で呟き、ソニアはそっと己の胸元に触れた。

ブローチを強く掴めば、宝石を囲む細工が手に刺さる。

（これでエドガルド陛下を襲ったら、私もコーネリア様を襲った犯人と同類に落ちる……）

それだけはできない。だからこそと考え、ソニアはクレインを見つめた。

黒豹の騎士。立派な体躯《たいく》に、手足は獣らしく太く逞しい。喋る口元からは鋭利な牙《きば》が覗き、金色の瞳には縦長の瞳孔《どうこう》が見える。

初めてあった時は寡黙で威圧感すら覚えたが、今では彼のことを理解し、その獣人らしい外見にも内面の不器用さにも愛《いと》おしさと情を抱いている。

彼は立派な騎士だ。不器用だけどまっすぐで、なにより優しい。

「……ねぇ、クレイン」

「どうした？」

「ルイも貴方に似て不器用なの。今はまだすぐには剣を手放せないけど、この国にいれば、きっといつか貴方達の前で剣を手放せると思う」

「時間が掛かりそうだが、理由があるなら待ってやろう」

「……ありがとう。だから、ルイのことをお願いね」

ソニアが託すように告げる。

その声色から何かを感じ取ったのか、クレインが不思議そうにソニアの顔を覗き込んできた。

「どうした？」と尋ねてくる彼の声は低く優しく、ソニアが苦笑を浮かべて返した。

チクリと胸に鋭い痛みが走る。まるでブローチの中に仕込まれた針が胸に刺さってしまったかのようだ。

（いっそ本当に刺さってしまったら楽になれるのかもしれない……）

そんな自虐的なことを考え、ソニアは小さく頭《かぶり》を振った。

「大丈夫よ。ちょっと……その……同じ騎士として、ルイのことをお願いしようと思ったの。私は剣については分からないし、持ったこともないもの」

「……それだけか？」

「えぇ……そうよ、それだけ」

乾いた笑いで誤魔化し、ソニアが「そろそろ行くわね」と立ち上がった。

別段用事があるわけではない。だがここにいてもクレインのまっすぐさに胸が痛むだけだ。早く逃げないと、罪悪感と嫌悪感で押しつぶされてしまう。

だからこそさも用事があるように歩きだそうとし……。

グイと腕を掴まれた。黒毛に覆われた逞しい黒豹の手。爪《つめ》こそ立てていないが、なんて力強く掴んでくるのだろうか。まるで心臓ごと鷲掴《わしづか》みにされたようで、ソニアは咄嗟に肩を震わせて息を呑んだ。

「ソニア、どうした？　何を考えてる」

尋ねてくる彼に、ソニアが僅かに言い淀む。

胸が痛い。

だが話すわけにはいかず、ソニアは作り笑いで「なんでもないの」と返した。

声が上擦る。だが掴まれた腕の震えを止めるのに必死で、声まで気を回している余裕はない。どうか気付かないでくれと心の中で願えば、クレインが諭すような声色で話し出した。

「お前は……その……。初めて会った時から目が離せなかった」

「初めて会った時から？」

「あぁ。コーネリア様が供を連れてくることは聞かされていたし、ルノア国ではあまり良い扱いを受けていなかったのも知っていた。だからコーネリア様が連れてくるのはお堅い奴か、それとも暗い奴だろうと思っていたんだ」

だが実際にコーネリアと共にオルデネア国に来たのは、彼女を慕い子犬のように付き纏うメイドと、そんなメイドに強く出られない騎士。それを見るコーネリアは姉のように微笑ましそうで、想像とは違っていた。

とりわけメイドは初めて見る獣人に臆《おく》したかと思えば、尻尾を興味深そうに見つめてくる。果てには凝視するあまりにぶつかり、そのうえ転びそうになるのだ。

王妃お披露目の一件でも、コーネリアを見守っていると思えば突然テラスへと飛びだし、かと思えば国民への挨拶《あいさつ》を命じられて悲鳴をあげる。緊張なかばになんとか一礼し、そのあとはへたり込んでしまった。

危なっかしくて見ていられない。

だが不思議と目が離せない。

そうして気付けば、王妃であるコーネリアよりも、同じ騎士であるルイよりも、ソニアを目で追うようになっていたという。

「最初に目で追っていたのは、お前がコーネリア様やルイより危なっかしいからだ。……だが今は違う」

「クレイン……」

「ソニア、何かあったなら言ってくれ。俺は人間のことも詳しくないし、お前達の事情も教えてもらわないと分からない。だが話してくれるならどんなことだろうと力になる」

まっすぐにソニアを見つめ、クレインが低い声で告げてくる。

黄金色の瞳は真剣そのものだ。威圧感さえ覚えかねない瞳の圧に、ソニアが僅かに身じろいだ。彼の真摯《しんし》な言葉が胸を締めつける。掴まれた腕が痛い……。

だが胸の締めつけも、腕の痛みも、それほどクレインが自分を想っていてくれているからだ。ここで単なる彼の善意だのと勘違いをするほど初心《うぶ》ではない。

（今、ここでクレインにすべて話せたら……。私も貴方を見ていたって……だから貴方とこの国で生きていきたいって言えたら……）

助けてと訴えたら、彼は助けてくれるだろうか。

そんな疑問がソニアの胸に湧く。それと同時に湧き上がるのは、クレインを巻き込んではいけないという自分を律する心。……それと。

（きっとクレインは助けてくれるわ）

そう、彼を信じる気持ち。

その思いに後押しされるまま、ソニアは彼にすべてを話そうと震える声で名前を呼んだ。深い金色の瞳はいまだにソニアを見つめ、そしてソニアがすべてを話してもきっと変わらず見つめていてくれるだろう。信じられるから告げるのだ。

だが話し出そうとしたソニアの言葉が途中で止まったのは、メイド長がこちらへと歩いてくるのが見えたからだ。

彼女は一通の手紙を手にしており、ソニアを見つけると軽く振って見せてきた。

遠目でも分かる、煌《きら》びやかな封筒。

それが妙な胸騒ぎを呼び、ソニアは己の心臓が嫌な鼓動を打つのを感じ強く胸元を押さえた。

メイド長が届けてくれた手紙は、上質の便箋《びんせん》にこれでもかと装飾のされた随分と派手なものだった。書かれている文字よりも装飾の方が目立ってしまいそうなほどで、一目で高価なものだと分かる。――むしろ見せつけるのが目的なのかもしれないが――

これで内容が普通のものであったなら、ソニアも「自分にこんな豪華な手紙を」と喜んだだろう。返事にはオルデネア国一番の封筒と便箋を用意したはずだ。

だが届いた手紙にはそんな気が起きず、自室で読み終えたソニアは深く息を吐いた。

「そうね、もう寒くなるんだもの……」

溜息交じりに呟き、ソニアは自室のベッドに視線を向けた。

そこには以前まで使っていた布団に加え、目新しい毛布が一枚綺麗《きれい》に畳まれて積まれている。

メイド長から手紙を受け取った際、彼女から「自室に戻るならついでに」と持っていくように言い渡されたのだ。

質の良い、そして美しいデザインの毛布。

その柔らかさと言ったらなく、包まれて眠ればどれだけ快適だろうか。

これから次第に寒くなっていくからと用意してくれたものだ。その気遣いや優しさを考えるだけで胸が温かくなってくる。

……だからこそ、手紙の内容が胸に刺さる。


手紙の差出人はルノア国の国王ヘイルド。

内容は当たり障りのない白々しい挨拶と、そして十日後に予定しているオルデネア国訪問とエドガルドとの会食について。

十日後という急すぎる内容にソニアが青ざめたのは言うまでもない。だがあの男のことだ、この手紙とほぼ同時にエドガルドにも使いを出し、無理にでも会食の約束にこぎ着けるだろう。エドガルドにとってヘイルドは義父にあたる。コーネリアとエドガルドの関係が良好だからこそ、エドガルドはこの誘いに応じるはずだ。

傍目には友好国の交流とでも映るのだろうか。

「きっと何か企《たくら》んでいるはず」

おおかた何も動きを見せないソニアに痺れを切らし、自ら動くことにしたのだろう。

そしてこの手紙を出すことにより、ソニアに対して『時間はない』と迫っているのだ。封筒を見つめれば、その奥に下卑た笑みを浮かべるヘイルドの顔が浮かぶ。

つまり残された日数はあと十日。

それまでにエドガルドを討たねばソニアには未来はない。

いや、コーネリアやルイにだって未来はない。不要と判断され、ヘイルドによってルノア国に戻される。その先は考えたくもない。

「だけど、そんなことをして何になるっていうの……」

呟き、便箋を握りしめた。

質の良い紙がグシャリと潰《つぶ》れる。

脳裏によぎるのは、エドガルドと見つめ合うコーネリアの幸せそうな顔。

薄いベール越しに見える彼女は、今までで一番落ち着きと幸福感を宿した顔をしていた。細められる瞳は言葉にせずとも幸せだと語り、エドガルドを呼ぶ声には愛が詰まっている。

それを見守るルイもまた幸せそうだ。

共に国を守る仲間に囲まれ、彼の心の枷《かせ》もじきに外れるだろう。信頼できる仲間と寛大な王のもと、ようやく彼は騎士として剣を手にできるのだ。

二人の顔が浮かび、次いでメイド仲間やメイド長、バルテの顔が浮かぶ。

どれも思い出されるのが優しげな顔なのは、彼らがソニアに友好的に接してくれたからだ。


……それに、何より。


「……クレイン」

ポツリとソニアが胸に湧く名前を口にした。

つい先程まで隣にいた黒豹の騎士。目を瞑れば隣に立つ黒豹の時の姿を、窓辺を見れば縁に座る青年の姿を、どちらの姿だってまるでそこにいるかのように思い出せる。

ゆったりと揺れる黒毛の尾、気まずい時にペタリと伏せられる耳、黒豹の時も人型の時も変わらず逞しく大きい手。嬉しそうに細められる瞳……。

低く落ち着きのある声で名前を呼ばれれば、ソニアの胸に安堵と嬉しさが湧く。

夜ごと彼と話をしているというのに、朝になると「今日も会えるかしら」と期待を抱くのだ。

遠目から見つけるとその精悍《せいかん》さに見惚れ、気付いてこちらに向かってくれると胸が高鳴る。

この気持ちの名前が分からないわけではない。

だが分からないふりをしていた。

胸元に飾ったブローチが、お前にその気持ちを口にする資格はないと訴えてくる。

小さく溜息を吐《つ》き、ソニアはカーテンのタッセルを軽く手で揺らした。

窓辺に腰かけたクレインがいつも突っついて遊んでいるタッセルだ。

一度「じゃれているの?」と尋ねたことがあったが、彼は慌ててそっぽを向いて、それどころか窓辺から落ちかけてしまった。図星なのは誰が見ても分かるのだが、違うと訴える彼の必死さに絆《ほだ》され、ソニアはそれ以降タッセルで遊ぶ彼を見て見ぬふりをすることにした。

そんな小さなやりとりさえ、思い出せば胸を締め付ける。

いつか決着をつけねばと考えていたが、それを今日まで先延ばしにしていたのはひとえに彼がいたからだ。

「寒い日は貴方の尻尾《しっぽ》で暖を取りたかったわ。きっと怒るだろうけど」

寒い寒いと訴えて尻尾を掴めば、クレインはさぞや不満そうにしかめ面をするはずだ。それが黒豹の姿か青年の姿かは分からないが、どちらにせよソニアには彼の表情の変化は容易に見て取れる。

だがどれだけ不満そうな顔をしたとしても、ソニアが「でも手が冷たくて耐えられないの」とわざとらしく強請《ねだ》れば根負けして尻尾を貸してくれるだろう。不服そうにそっぽを向いて、それでも尻尾はソニアの手を温かく包んでくれるに違いない。

その光景を想像し、ソニアは小さく笑みをこぼした。

後ろ暗いことがなく、何も隠さず、コーネリアのお付きとしてだけでこの国に来れていたらそんな未来もあっただろう。暖かく楽しく幸せな未来だ。

だが自分にはそんな未来は許されない。

ならばせめて……。

「せめて、コーネリア様とルイが暖かな未来を歩めるように……」

そう決意と共に小さく呟き、ソニアは手紙を手に立ち上がった。

扉へと向かい、最後に一度自室を見回す。

わざわざ自分のためにと用意してもらった自室。質の良い調度品が揃《そろ》えられ、必要なものを申し出ればすぐに用意してもらえた。

時にはマリネとレティを呼んで、三人でお泊まり会をしたこともある。夜遅くまでお喋りをし、三人でベッドの上でくっついて眠ったのだ。

コーネリアやルイを招待したこともある。コーネリアはまるで妹の部屋を訪れたかのように

「綺麗にしてるのね」と褒め、ルイはある日を境に妙に悪戯《いたずら》な笑みを浮かべて窓辺を眺めていた。――その物言いたげな笑みに、ソニアは彼の茶菓子を没収することで抵抗した――

そんな楽しい記憶ばかり残る部屋。

できることなら今日も明日もこの部屋で過ごしたかった……。

だが行くと決めたのだ。そう決意し、痛む胸を押さえながら部屋を後にした。

最後に一度ふわりと窓辺のタッセルが揺れた気がしたが、それを確認することもなく……。

手紙を手にソニアが向かったのは、エドガルドのいる大広間。

彼の隣にはバルテとコーネリアもおり、話がしたいと告げるソニアの顔色から不穏な空気を察したのか、コーネリアがどうしたのかと案じてくれた。

その声にはソニアを疑う色合いは一切ない。全幅の信頼を寄せている。それが分かるからこそソニアの胸が痛む。

だがその痛みに臆《おく》すわけにはいかず、ルイとクレインを呼んでもらい、彼らが来るとソニアは震える声で事情を話し出した。

エドガルドの表情が次第に険しくなる。

コーネリアが息を呑み、ふらりと揺らいだ彼女の体をルイが腕を取って支えた。いつもはあれほど喋るバルテも今だけは黙り込み、それがまたこの場の空気を重くする。

小さくソニアの名前を呼ぶのはクレインの声だ。見れば悲痛そうな顔でこちらを見ている。今の彼は黒豹の姿をしているが、それでも「嘘だと言ってくれ」とその表情が語っている。

そのどれもがソニアの胸を締めつけ、話す声を震えさせる。今すぐに逃げてしまいたい。だがそれでもソニアは一連のことをエドガルドに打ち明け、そしておもむろにブローチを外した。

真紅《しんく》の宝石は今この瞬間にも美しく輝き、持ち主の胸中などお構いなしだ。

そんなブローチから針を半身ほど抜き、両の手で持つと掲げるようにエドガルドへと差し出した。

「す……すべては、ヘイルド王と私の間の謀《はかりごと》です……。コーネリア様もルイも関係ありません……。だから、どうか、わ、私だけを……」

自分だけを罰してくれ、すべての咎《とが》は自分にある。

そう震える声でソニアが訴える。もはや顔を上げる余裕はなく、頭《こうべ》を垂れ、ブローチを載せた手だけを掲げ、まるで懺悔《ざんげ》の姿だ。

いっそ今すぐにブローチから針を抜き取り、己の胸に突き刺してしまいたい。そうしたらどれほど楽だろうか。

だがそれは逃げだ。

それも無責任で、ただ自分が楽になるだけの逃げ。それだけは許されないとソニアは折れそうになる決意を心の中で叱咤《しった》した。

「まさかヘイルド王がそんなことを考えていたとはな……。この婚姻もすべて奴の策の内だったか」

「で、ですが、コーネリア様のお気持ちは本物です。ルイの忠誠心も嘘偽りのないものです。私がこんなことを言える立場ではありませんが、それだけは信じてください……」

ソニアが震える声でコーネリアとルイの潔白を訴える。

自分自身で「裏切り者の身でなにを言っているのか」と思えるが、これだけはエドガルドに誤解されるわけにはいかない。ヘイルドの駒《こま》は自分だけだ。

「どのような処罰でも受ける覚悟です。……い、いざとなれば、この身をもって償います。だからどうか、コーネリア様とルイを守ってください……」

弱々しくソニアが懇願する。

それに対してエドガルドは僅かに思案した後、ゆっくりとソニアへと手を伸ばしてきた。

大きく獣人らしい手。

昨日この手が伸びてきた時は、額の傷を案じて包帯を巻いてくれた。穏やかに笑って、少しぐらい大袈裟にして見せつけろと告げてくれたのだ。

だが今のエドガルドにあの時のような優しい空気はなく、碧色の瞳はソニアの心臓を射抜かんばかりに鋭い。そんな厳しい視線に晒され、ソニアの体は硬直し恐怖からか足先が冷えていく。

そうしてエドガルドはソニアの手からブローチを受け取ると、まるで透かして中を覗《のぞ》くかのように眺めだした。

逞しく大きな彼の手には真紅の宝石も小さく見える。強く握りしめれば割り砕けそうなほどだ。

「宝石も銀細工も本物か。随分と洒落《しゃれ》た小細工をする男だ」

「……エドガルド陛下」

「ヘイルド王が会食を希望していると言うのなら応じよう。しかし十日も猶予を与えるとは、よっぽど我々を下に見ているようだな」

エドガルドが不敵に笑う。普段の豪快な獅子とはまた違った、余裕を感じさせる笑みだ。ゾワリと震え上がりそうなほど恐ろしい。

「バルテ、議会を開け。早急に対策を考えるぞ」

淡々とした声色でエドガルドが命じれば、バルテが頭を下げ踵を返すと部屋を後にした。その後ろ姿にもやはり普段のお喋りな姿はなく、極彩色の羽は言いしれぬ怒気をはらんでいる。

次いでエドガルドが呼んだのはクレインだ。

「ソニアを地下へ連れていけ。ヘイルド王との決着がつくまで、必ず一人は警備をつけろ」

「……畏《かしこ》まりました」

エドガルドの命令にクレインが頭を下げて応じる。

それを聞き、うなだれていたソニアは小さく肩を震わせた。クレインがこちらに向かって歩み寄ってくるのが分かるが、顔を上げられない。

なぜよりにもよって彼に……と胸が痛むが、当然の扱いだ。

目の前にクレインが立ったのが分かり、ソニアは恐る恐る顔を上げた。灰色を基調にし、首元にスカーフを巻いた騎士服。逞しい四肢は黒豹らしい黒毛に覆われ、そして……。

痛々しげに見つめてくる金色の瞳に、ソニアの胸が今までで一番締めつけられ痛みを覚えた。

まるで鋭利な針が奥深くまで刺さり、その先端に塗られた毒が体中に回るかのような痛みだ。

くらりと目眩《めまい》がし、呼吸をしているはずなのに息苦しくなる。

「……クレイン、私」

「言いたいことがあるのは分かるが、今は急ぎ事を進めなければならない。ついてこい」

彼の口調はいつも通りだ。だが今のソニアには言い捨てられたように聞こえ、息苦しさに拍車が掛かる。

それでも言われるままに従おうと、今自分にできるのはそれぐらいだと自虐的に己に言い聞かせ、歩き出すクレインに倣《なら》って力の抜けた足を動かす。

「ソニア！」

と、名前を呼ばれたのは歩き出した直後だ。

コーネリアと、それを支えるルイがこちらへと近付いてくる。

この事態にコーネリアの足取りは随分と覚束なく、ルイが腕を取ってようやく歩けるといったところだ。

「コーネリア様……」

「ごめんなさい、ソニア。一人で背負わせてしまって……」

「そんな、コーネリア様が謝ることではありません。すべて私の責任です」

縋るように差し出されるコーネリアの手を掴めば、弱々しく握り返された。いつもは温かい彼女の手が今はやけに冷たい。

ベール越しでも分かるほどにコーネリアは悲しげに顔を歪め、隣に立ち支えるルイも弱々しく眉尻を下げている。兄妹として誰より長く共に過ごしてきたが、彼のこんな表情は見たことがない。

「ルイ、コーネリア様のことをお願い。……約束、守れなくてごめんね」

ルイに託すように、掴んでいたコーネリアの手を放す。

(もしかしたら、コーネリア様とルイに会うのはこれが最後になるのかもしれない……)

そんなことを考えれば、離れていくコーネリアの手が名残惜《なごり》しく、縋るように見つめてしまう。

だが次の瞬間ソニアが目を丸くさせたのは、横から伸びてきた手が離れていくコーネリアの手を掴んだからだ。

黄金色の毛で覆われた、力強く逞しい手。それがコーネリアの手をまるで包むように掴んでしまった。

誰の手かなど考えるまでもない、エドガルドだ。

彼を見上げたコーネリアが、悲痛そうな声でその名前を呼んだ。

「陛下、どうかソニアをお許しください……！」

「落ち着けコーネリア。お前は片時も俺のそばから離れるな。ルイ、人間の戦い方を知っているのはお前だけだ。騎士隊を率いろ」

コーネリアの手を握り、それどころかルイに変わって支えるように隣に立ち、エドガルドが指示を出す。

その声はコーネリアを気遣ってか先程よりは幾分優しく、碧色の瞳も宥《なだ》めるように細められてコーネリアを見つめている。

次いでその瞳が己へと向けられソニアが表情を強張らせれば、エドガルドが深く息を吐いて肩を竦めた。

「お前もそう怯《おび》えるな。安心しろ、俺はこの国の王だ。ルノア国の王とは違う。俺の国民は俺が守る」

「エドガルド陛下……！」

エドガルドの言葉に、ソニアが安堵と共に彼を見上げた。

国民を守るということは、エドガルドにはコーネリアとルイを守る意志があるということだ。

二人はこの国で生きていける、何かあればエドガルドが守ってくれる。

それが分かれば十分だと、ソニアは恭《うやうや》しく頭を下げた。

「寛大なご配慮ありがとうございます」

そう一言告げて、顔を上げると同時に踵《きびす》を返すと彼らに背を向けた。

これ以上この場にいれば、自分も助けてくれと訴えてしまいそうだ。自分も守ってほしいと、助けてくれと、そんな身のほど知らずな言葉を口にしてしまう。

そんなソニアの胸中を察してくれたのか、クレインが「行くぞ」と促して歩き出した。

その声はどことなくソニアを宥めるような色合いがあり、彼にまで気遣われているのが申し訳なく、ソニアは誰とも視線を合わせぬよう俯きながら大広間を後にした。

※

王宮の地下でのソニアの生活は、暗く陰鬱《いんうつ》とした惨めなもの……、ではなかった。

明かりが用意されているので暗くはなく、調度品も揃えられている。そもそも地下と言えども構造上部屋の半分が地下にあるだけで、天井高くに設けられた窓からは日の光が差し込み、時には心地よい風も吹き抜けてくる。

薄暗い牢屋《ろうや》に入れられひもじい思いをするのだと覚悟していたが、これではソニアの自室とそう変わらない。

そのうえ定期的に、

「ソニア、クッキー持ってきたわ」

「今日はリンゴもあるのよ」

と、天井高く設けられた窓から見慣れた顔が覗き込んでくる。

メイド仲間のマリネとレティだ。彼女達は窓から交互に顔を覗かせ、マリネはクッキーを、レティはリンゴを、「受け取ってね」「当たったら痛いわよ」と一言告げてポンポンと次から次へと投げ込んでくる。美味《おい》しそうな菓子を受け取り、ソニアが顔を綻《ほころ》ばせた。

二人を始めメイド仲間達は、ソニアがこの部屋に連れてこられてから毎日、暇さえあれば――暇がなくとも時間を作って――顔を見せてくれる。それもお土産《みやげ》付きで。

おかげでひもじい思いとは縁遠く、むしろ食べて寝るだけの生活で太らないかと不安に思えてくるほどだ。

「ねぇソニア、寒くない？　あとで毛布を持ってくるわ」

「それと本も持ってくるわね。ボードゲームの方が良いかしら。刺繍や編み物も時間潰しにちょうど良いのよね」

「編み物と言えば、人間は毛糸でコルセットを編んでお腹を温めるって本当？」

「わざわざ毛糸でコルセットを？　それなら冬毛を生やした方が楽なのに」

ぴょこぴょこと交互に顔を出しながら、マリネとレティが話しかけてくる。

この部屋は半分が地下に埋まっており、室内のソニアにとっては高いと感じる窓も、彼女達からしたら膝《ひざ》ぐらいの高さなのだろう。

しゃがんで窓を覗いているのか、もしかしたら寝そべっているかもしれない。――灰色の猫と白兎《しろうさぎ》が寝そべって窓に頭を突っ込む光景は、端から見たらさぞや不思議なものだろう――

そうやって普段ならばこのまま雑談を続けるのだが、今日は二人も忙しいらしく、「もう行かなきゃ」と交互に顔を出して告げてきた。

「ごめんね、二人とも。忙しいのに私がこんなことになってしまって……」

「まったくだわ。戻ってきたらソニアには倍働いてもらわなきゃ！」

「メイド長が『今年の冬はソニアには水仕事を頑張ってもらいましょう』って言ってたのよ」

大変ね、と二人が顔を見合わせて笑う。

なんて意地悪で、そして可愛らしい笑みだろうか。マリネの猫らしいアーモンドのような丸い瞳も、レティの兎らしい赤く魅力的な瞳も、今は揃えてにんまりと細められている。

彼女達は今回の詫《わ》びにとソニアに働くことを強要しているのだ。……つまり、ソニアが戻ってくることを願っている。

それが分かるからこそ、ソニアは涙ぐむのを隠して笑って見せた。

これほど気を使ってくれる友人達に戻ると約束できないことが申し訳ない。そして彼女達をも裏切ったのだと考えれば尚《なお》のこと胸が痛む。

「それじゃソニア、私達もう行くわね」

「今夜は冷えるから、ソニアも暖かくしてね」

「冷えると言えば、バルテ補佐官がもう喚毛期に入ったのよ。この間通路に落ちていた真っ赤な羽を拾ったら、その瞬間に話しかけられて困ったわ」

「なんて恐ろしい罠《わな》なのかしら。気をつけないと」

怖い怖いと話しながら二人が去っていく。バルテのお喋りを困ったと言っているが、彼女達も随分とお喋りだ。

そんな二人の声が次第に遠くなり、聞こえなくなった。

だが室内は静まることなく、まるで二人が去っていった代わりのようにノックの音が聞こえてきた。

返事をすればゆっくりと扉が開き、顔を覗かせたのはクレインだ。

どうやらお茶を持ってきてくれたようで、室内に入るやいなや「今日はクッキーか」と嬉しそうに呟いた。さすが黒豹と言える嗅覚だ。

そうしてあっという間にテーブルには紅茶と茶菓子が用意された。一見すれば長閑《のどか》なティータイムで、とうてい地下に捕らわれた裏切り者の過ごし方とは言えない。


「私ね、これでも覚悟をして地下に来たのよ」

「またその話か」

溜息交じりにソニアが果物《くだもの》ナイフでリンゴを剥《む》けば、向かいに座るクレインがクッキーを口に放《ほう》り込む。鋭利な牙が覗く獣らしい口。今はクッキーを食べているが、これが大きなステーキでもおかしくない豪快な食べ方である。

「地下へ行くように言われた時は、きっと地下牢に閉じ込められて二度と太陽のもとへは帰れないと思っていたわ。薄暗くて、カビ臭くて、捕らわれた罪人の呻《うめ》き声が常に聞こえてくる……。そんな地下牢で一生を終えるの」

「そんなものが王宮にあってたまるか」

「日の光が差し込まない薄暗い地下牢で私は震えて過ごすのよ。牢屋の隅にはかつて地下牢に捕らわれた罪人の骨が転がっていて、なんて恐ろしいのかしら。与えられるのは薄いスープと硬いパン。それを放り投げるように差し出され、恐怖と寒さと飢えに苦しみながら最期の時を待つんだわ」

「想像力が豊かだな。メイドをやめて作家になったらどうだ」

呆《あき》れ混じりにクレインが告げ、大口を開けてクッキーを食べる。

そんな彼に対し、ソニアは拗ねた表情を浮かべてみせた。

確かに今となってはてんで見当違いな想像だと分かるが、当時はそれほどまでに覚悟を決めていたのだ。笑うとはなんとも失礼ではないか。

「地下牢には、常に私のことを見張っている恐ろしい看守がいるのよ」

「俺の登場か？」

「時には戯れに吠《ほ》えて私を脅すんだわ。日々弱っていく姿を見て楽しむの。なんて酷い見張りなのかしら」

わざとらしくソニアが怯えて見せれば、皮を剥いたリンゴを片手にクレインが肩を竦めて返してきた。一口でリンゴを食べて美味しそうに咀嚼《そしゃく》する姿は、とうてい恐ろしい看守とは言えない。

もう少しそれっぽくしてくれてもいいのに、とソニアが小声で呟く。それが聞こえたのか、クレインが一口紅茶を飲み込むと、わざとらしい咳《せき》払いで喉を整えだした。手を口元に添え、まるで見せつけるかのような咳払いだ。

いったい何をするのか……とソニアが見ていれば、次いで彼は深く息を吸い、ガオと一度大きく吠えた。

獣の咆哮《ほうこう》だ。黒豹らしく豪快でいて、獣人であれ人間であれ震え上がってしまいそうなほどに恐ろしい。

……この場でなければ、だが。

「どうだ恐ろしいだろう。震え上がってもいいんだぞ」

「そうね。これが紅茶片手でなければ震えていたわ」

ソニアが返せば、クレインがチラと自分の片手にあるティーカップに視線をやった。黒毛に覆われた指が器用にカップを持っており、そこに震え上がるような要素はない。

「確かに紅茶だと迫力が出ないな。次はワインでも片手に吠えてみるか」

「ホットミルクなんてどうかしら。温めたミルクにハチミツを溶かして甘くして、可愛いマグカップに注ぐの。それを片手に吠えるのよ」

「猫の鳴き声が聞きたいならメイド仲間にでも頼んでくれ」

肩を竦めて話すクレインに、ソニアが小さく笑みをこぼす。

地下牢とは思えない長閑なやりとりだ。クレインも騎士服を纏《まと》って剣を下げてはいるものの警戒している様子もなく、夜に窓辺で話をしている時とそう変わらない。

「そういえば今は黒豹の姿なのね。朝に一緒に朝食をとった時は人の姿だったのに」

「それは、その……。さっきバルテ補佐官に会ったから、そのせいだ」

「バルテ補佐官がいると黒豹の姿になるの？　……耳を伏せて話を聞き流せるからかしら」

「多分そうだな、そういうことにしておこう。しかし補佐官にも困ったものだ。俺が警備でここを離れられないのを良いことに、暇を見つけるとすぐに来る」

「私も日に何度か窓に陣取られて話し続けられるわ」

その時のことを思い出し、ソニアとクレインがほぼ同時に溜息を吐いた。

当然だがソニアはこの部屋から出られず、窓辺に陣取られると逃げ場がなくなる。窓から覗く極彩色の羽を眺めつつ、延々と長話を聞かなくてはならないのだ。そのうえ換毛期らしく、時折は鮮やかな羽がはらりと落ちてくる。

どうやら自分が被害にあっていない時は、扉の外でクレインが同じ目にあっているらしい。

思わずソニアが「ちゃんと仕事をしているのかしら」と呟けば、クレインが不満そうに「あれで不思議なほどに仕事ができる」とうんざりとした声色で返してきた。

だが思い返してみれば、バルテは喋り倒しながら「忙しい」と訴えていた。「詳しくは話せない。忙しくて」としきりに訴え、これはもしや詳細を聞いてほしいのかと考えて問うも、重要事項なのでとはぐらかされてしまう。

意味深なことだけを話し、気遣って詳細を求めればはぐらかす。忙しいという割には日に何度も喋りに来る。なんて厄介なのだろうか。

そんな他愛《たわい》もない雑談を続け、ティーポットが空になったのを見てクレインが立ち上がった。警備に戻るのだろう。こうやって日に何度もお茶をしているが、そもそも彼の仕事は扉の前での看守だ。ソニアが逃げないよう警戒せねばならない。逃げる気などないが。

「クレインも大変ね。……こんな仕事、嫌でしょう」

エドガルドからの命令とはいえ、裏切り者の見張りなど気分の良い仕事ではない。

それでもこうやって気遣ってくれる彼の優しさにソニアが感謝を告げれば、クレインが肩を竦めた。溜息を吐くその表情は随分と呆れの色が濃い。

「そういえば、以前にもお前は勝手に勘違いをしていたな」

「勘違い？」

「あぁ、そうだ。初めてこの国に来た時だ。自分達の迎えは嫌な仕事だの、押しつけられただの、勘違いして一人で落ち込んでいたな」

あの時と同じだと話すクレインに、ソニアもかつてを思い出す。

彼が話しているのは、コーネリアとルイと共にルノア国からオルデネア国に来た日のことだ。

両国を繋ぐ長い橋の上で取り残されたソニア達を、クレインとバルテが馬車に乗って迎えに来てくれた。

それを、ソニアは『嫌な仕事』と思い込んでいた。とりわけクレインに対しては、嫌な仕事を押しつけられて怒っていると勘違いし、彼に恐れさえ抱いていたのだ。

あれは確かに勘違いだった。

……だが今回は？

裏切り者の看守は不名誉な仕事に他ならない。

そうソニアが問えば、さらに呆れを募らせたのか、クレインがまったくと言いたげに深く息を吐いた。黒毛に覆われた尻尾が小刻みに左右に振れるのは呆れているからだろうか。

次いでソニアをじっと見つめてくる。金色の瞳だ。そこに嫌悪の色はなく、呆れと、そして優しさが綯《な》い交ぜになっている。

「陛下はコーネリア様をそばに置き、ルイには騎士隊での仕事を命じた。そしてお前はこの部屋に、扉には必ず騎士が一人ついている」

「えぇ、そうね。私はこの国を裏切ったんだもの、逃げようなんて思わないけど、見張られて当然だわ……」

「だからそれが間違いだ。陛下は『俺の国民は俺が守る』と仰っただろう。あれはコーネリア様とルイ、それにソニアも含まれている」

「私も……？」

「この部屋は罪人を捕らえるためのものじゃない。俺達の中には日の光を苦手とする種族もいるから、そういった奴用の客室だ。地下に用意されているだけあって、他の部屋に比べて造りも堅いしな」

クレインの話に、ソニアは不思議そうに彼を見つめ、次いで室内を見回した。

鉄格子もなければ、かつて捕らわれた罪人の骨なんてものもない。質の良い机と本棚、それに柔らかなベッド。区切られた別室には水場も用意されている。

リンゴを剥くのに使った果物ナイフだって、『裏切り者を捕らえる牢屋』と考えればあり得ない代物だ。だが当然のように用意されていた。もちろん果物付きで。

ここで生活しても苦はない。むしろ快適だ。

誰が見ても一目で客室と分かる。

……だが、彼の言わんとしていることが分からない。

自分は裏切り者としてこの部屋に追いやられているのではないのか。扉の前に見張りを置くのは、逃走防止のためでは……。

「それなら、私は……」

考えがまとまらず茫然とするソニアを横目に、クレインが茶器を片手に扉へと向かっていった。

そうして去り際にクルリと振り返ると、

「誰もが警備につきたがっている。陛下から承った『メイドを守る任務』だからな」

「それって……」

「騎士冥利《みょうり》に尽きる仕事だ。……まぁ、他の奴に譲る気はないがな」

そう告げて、またなと一言残して部屋を出ていった。

扉がゆっくりと閉められる。

それとほぼ同時に、ソニアの頬にゆっくりと涙が伝った。

【第四章】『獣人の国の、王女付きメイド』

その日は天窓の外が騒がしく、ソニアはどうにも朝から落ち着かずにいた。

マリネとレティが持ち込んでくれた編み物も刺繍《ししゅう》も手に付かず、他《ほか》のメイド仲間達が持ってきてくれた本を読もうにも集中できない。

窓からは慌ただしげな声が風に乗って届き、扉の外も幾人かが入れ替わり立ち替わりで話しているのが微《かす》かに聞こえてくる。

何かあるのかしら……とソニアが小さく呟《つぶや》くと、まるでそれに返すように室内にノックの音が響いた。

入ってきたのはクレインだ。いつもならばお茶や茶菓子を片手に来るのだが、今日に限っては剣を下げているだけで、その表情もどこか緊張感を漂わせている。

「クレイン、どうしたの？　今日はなんだか慌ただしいようだけど……」

「ソニア、落ち着いて聞いてくれ。今へイルド王が王宮に到着した」

クレインの口から聞かされた名前に、ソニアが息を呑《の》んだ。

懐かしさなど微塵《みじん》も感じられない名前だ。耳にしただけで、あの顔も、そして高圧的な口調もすべて思い出される。髪を掴《つか》まれ脅されたあの日からしばらく経《た》つというのに、まるでつい数分前のことのように恐怖が胸に湧《わ》く。

　思わずソニアが数歩後ずされば、倒れると思ったのかクレインが慌てて駆け寄り腕を掴んできた。大きな獣の手、ヘイルドの手よりも厳《いか》つい。

　だが力強く掴まれてもソニアの胸に恐怖は湧かず、大丈夫だと弱々しい声ながらに返せばゆっくりと手が放れていった。

「本当はすべて決着がつくまでソニアには何も話すなと命じられている。だが一つ気になることがあるんだ」

「気になること？」

「ヘイルド王が連れてきた人間の女だ。事前に聞いていた王の話から、てっきり若い女を連れてくるかと思ったが……」

　曰《いわ》く、ヘイルドは複数の部下を連れてきており、その中でも一人の女を常に傍らに置いているという。

　女を侍《はべ》らす。それ自体はヘイルドならばいつものことだ。どれだけ年老いても彼は落ち着くことなく、若く美しい女で己を囲んで見せびらかしていた。

　……だが今回だけは、ヘイルドは自身と同年代の女を連れてきているという。

「人間の見た目と年齢はよく分からない」と前置きをするクレインの口調は随分と頼りなげだが、それでも彼から聞いた話ではヘイルドが侍らしているのは『若い女』ではない。コーネリアやソニアよりも年上、それどころか親と言える年齢かもしれない。

おかしい、とソニアが呟いた。

「あの男のことだから、てっきりコーネリア様の姉妹を連れてくるかと思っていたわ。他国への外交の時だって、それどころか国民の前に出る時だって、若く美しい女性を傍らに置きたがっていたのよ」

「あぁ、だから疑問に思ったんだ。それに、女がネックレスをつけているのが見えた」

「ネックレス？」

「服の下につけているみたいだが、上着を脱ぐ際に金具が引っかかって一度外したんだ。一瞬しか見えなかったが赤い石がついていた」

それを聞き、ソニアは目を見開いた。

クレインが見たというペンダントトップは、銀の細工で囲まれた真っ赤な石だという。まるでつい先日までソニアの胸元で輝き、そしてソニアの胸を苦しめていたブローチのようではないか。

まさかとソニアの中で恐怖とも言える嫌な予感が浮かぶ。

ヘイルドはコーネリアを襲った犯人を探さなかった。傷跡を残したコーネリアに興味をなくし、犯人を見つけて咎《とが》めようという気も起こらなかったのだろう。

ならばいまだ犯人は自国にいる。……もしかしたら今もヘイルドの隣に、咎められることもなく、それどころか妬《ねた》みの末の行動力を買われて。

幼いコーネリアに嫉妬《しっと》し彼女を害するほどの女となれば、ヘイルドは喜んで己の駒《こま》にするだろう。正義感と情に苛《さいな》まれるメイドよりも比べるまでもなく使える存在だ。

ソニアの中で血の気が引く音がする。一瞬にして顔色を青ざめさせれば、異変を感じ取ったのかクレインの表情も次第に険しくなっていった。

彼もまた嫌な予感がしているのだろう。

「クレイン、お願い、私をエドガルド陛下のところへ連れていって」

「だが……」

「あれはいざとなればなんでもする男よ。私がすべて陛下に話をしたと気付いたらどんな手段に出るか……」

傷を負った娘に情も抱かず、それどころか非道な策の捨て駒にしようとする男だ。企《たくら》みもソニアの一件だけではないだろう。

自分がその場にいて何ができるかは分からないが、それでもこの一室でのうのうと守られているわけにはいかない。

……捕らわれているのではなく、守られているからこそ。

それを訴えれば、クレインが僅《わず》かに思案したのち一度深く頷《うなず》いた。「行くぞ」という彼の声には決意が感じられ、ソニアは感謝を告げると共に彼を追って部屋を後にした。

地下にある部屋。この部屋もまた、ソニアにとっては暖かな思い出しかないのだ。

ヘイルドを始めとするルノア国からの訪問者を迎えたのは、王宮内で一番広い大広間である。ソニア達が初めてこの地に来た時もこの場所で迎えてもらった。

天窓からは日の光が差し込み、敷き詰められた花が美しく輝く。まるで一面の花畑に来たかのようで、あの美しさや感動は生涯《しょうがい》忘れることはないだろう。

……それと、あの大広間がどうやって作られたかも。

なにせあれはエドガルドの指示のもと、王宮勤めどころか城下の者達総出で花を選び、数日がかりで作り上げたというのだ。もちろん騎士も協力しており、バルテからその話を聞いたソニアがクレインを見上げたところ、彼はどことなく得意げに「俺《おれ》が一番良い花を用意した」と告げてきた。

嬉《うれ》しくて、そしてなんて愛《いと》おしい。

あの大広間の美しさは、オルドネア国の優しさそのものだ。

だが今の大広間にあの時のような暖かさはなく、豪華な調度品こそ並んではいるものの言いしれぬ張りつめた空気が漂っていた。

中にいるのはエドガルドとオルデネア国の重鎮達。コーネリアの姿もあり、その後ろには数人の騎士が控えている。

対するはヘイルドと側近。それにクレインが違和感を覚えたという女の姿もある。

確かに普段ヘイルドが侍らしている若い女達とは違う。年は彼と同じくらい、並ぶ姿は年齢のつり合いもあって夫婦のように見える。金の髪には大振りの髪飾りがあしらわれ、煌《きら》びやかに飾ってはいるものの老いは隠しきれない。ヘイルド同様、妙な若作りと煌びやかさを纏《まと》っている。

ソニアが違和感を覚えて一歩進み出れば、それを見たヘイルドがソニアを呼んだ。

「ソニア、久しいな。わざわざ挨拶《あいさつ》に来てくれたのか。お前は昔から律儀な性格をしていたからな」

こちらの様子を窺《うかが》っているのだろうか、ヘイルドの態度や声色は妙な白々しさを感じさせる。ソニアの態度や仕草から、いまだ自分の駒か、それとも裏切ったのか、それを見極めようとしているのだろう。

絡みつくような視線に、ソニアはふるりと身震いをした。

この居心地の悪さは、蛇に睨《にら》まれたような……とでも言うのだろうか。だがオルドネア国には蛇の獣人もおり、彼等の視線は慣れれば温かなものだ。今ソニアが全身に感じているのは、あれとは比べものにならないほどおぞましい。

「部屋で待機するように命じていたはずだが、なぜ来たんだ」

「エドガルド陛下……。申し訳ありません。私、どうしても……」

弱々しい声でソニアが告げようとする。

だがそれよりも先にエドガルドが溜息《ためいき》を吐《つ》いた。肩を竦《すく》めるその仕草には怒りの色はなく、やれやれとでも言いたげに小さく首を振る。

「そう怯《おび》えるな。実を言うと、今日の警備にクレインを付けた時点でお前が来ることは予想していた。だがこうも早いとは……。クレイン、お前はもう少し粘ることを覚えろ」

「そ、それは……申し訳ありません」

「いくらソニアの頼みとは言え、すぐに聞いていては尻《しり》に敷かれるだけだぞ。お前の性分を考えれば断れないとはいえ、多少は粘る姿勢を見せろ」

クツクツと悪戯《いたずら》げな笑みを浮かべ、茶化すような口調でエドガルドが告げる。先程までの張りつめたような空気ではなく、普段の彼らしい態度だ。

これにはソニアもきょとんと目を丸くさせた。隣に立つクレインを見れば、彼は慌てて顔を背けてしまう。黒豹《くろひょう》らしい耳はぺたりと伏せられ、尻尾《しっぽ》は忙《せわ》しなく左右に揺れている。

「陛下、今はそのような話をしている場合ではありません」

クレインがどことなく上擦った声で告げる。

それに対してエドガルドは楽しそうに肩を竦めるだけだ。その肩を隣に座るコーネリアが優しくさすって宥《なだ》める。

そんな中、慌ただしい足音が聞こえ、返答も待てぬと言いたげに大広間の扉が開かれた。入ってきたのは狼《おおかみ》の騎士。灰色の毛並み、狼らしい鋭い眼光。獣人を見慣れぬルノア国の者達が僅かにぎょっとした。

「エドガルド陛下、国境の橋にルノア国の兵士が！」

「なんだと……、数はどれくらいだ？」

「それが、橋を覆い尽くすほどに……！」

奇襲を知らせる騎士の言葉に、大広間が僅かにざわつく。

騎士曰く、国境の橋は既にルノア国の兵士で半分近く埋め尽くされかけているという。細いとは言え長い橋だ、それを埋め尽くすのだから相当の数だろう。

この報告にエドガルドが厳しい表情を浮かべた。コーネリアは不安そうに彼に寄り添い、クレインや騎士達も警戒の色を見せる。

ソニアは不安と敵意を綯《な》い交ぜにし、ヘイルドを睨みつけ……、
彼が、いや彼だけではなく、ルノア国から来た者達が涼しい顔をしていることに気付いた。

白々しく視線を余所《よそ》に向ける者、「なんということだ」と口では言いつつ優雅に紅茶をすする者。果てには笑む口元を手で隠しながら「これは大変だ」と話し合っている者までいるではないか。

奇襲報告の余韻が残る大広間に、薄ら寒い違和感が漂う……。

(この場にいるルノア国の誰《だれ》もがヘイルドの計画に荷担していたのね……。なんて浅ましいのかしら……!)

嫌悪感を抱き、ソニアがルノア国の者達を睨みつける。

自分と同じ、獣人ではない人間。なのに今目の前にしているルノア国の者達は、種族が違うどころかまるで別世界の者達のように思える。理解できない、理解できるとも思えない。

そんなソニアの嫌悪にも気付かず、ヘイルドが白々しく「これは……」と呟いた。本人は困惑の態度を取っているのかもしれないが、表情にはどこかあざ笑うような色が見え隠れしている。

「騒がしくして申し訳ない、エドガルド陛下」

「……ヘイルド王、これはどういうことだろうか」

「安心してくれ、我々も武力は好まない。獣には飼い主が必要だと思い、飼い主候補を連れてきてさしあげただけだ」

嫌みたらしく告げてくるヘイルドの言葉に、ソニアとコーネリアが息を呑んだ。なんて無礼で驕《おご》った言葉だろうか。

ソニアがチラと横目でクレインを見つめる。逞《たくま》しく、優しい黒豹の獣人。先ほどのヘイルドの発言はこの国に暮らすすべての者を、寛大で偉大なエドガルドを、そしてなによりクレインのことをも侮辱《ぶじょく》したのだ。

これは聞き逃《のが》せない。聞き逃してはいけない。

そう己に言い聞かせ、ソニアは隠れていたクレインの背からずいと一歩前に出た。

「ヘイルド王、先程の発言は訂正してください！　彼らは深い友情と愛情を持ち合わせた理知のある方々です！」

「ほぉ、この俺に意見するとは。獣に囲まれて忠誠心をなくしたか。お前も所詮《しょせん》飼い慣らされる側か」

「見目にだけ拘《こだわ》り己の欲望のままに人を陥れる貴方《あなた》のほうが、よっぽど下等で飼い慣らされるべきだわ！」

「なにを……このメイド風情が！」

ソニアの言葉にヘイルドが声を荒らげて立ち上がりかける。

だがそれを制したのはエドガルドだ。彼は報告に来た騎士になにやら話しかけ、その背が去ると深く息を吐いた。

奇襲を受けたにしては余裕を感じさせるその態度に、ヘイルドの顔に怪訝《けげん》な色が混じり始める。

それを決定付けるかのように、エドガルドが落ち着き払った声色でソニアを呼んだ。

「ソニア、よく言ったな」

「エドガルド陛下……。も、申し訳ありません。私、つい……差し出がましい真似《まね》を……」

「そう謝るな。それに、俺達が獣であることは事実だ」

「そんな！」

どういうわけか自ら獣だと認めるエドガルドに、ソニアが思わず声をあげる。

だが次の瞬間に息を呑んだのは、自らを獣だと言い切ったエドガルドに自虐的な色など欠片《かけら》もないからだ。碧《あお》色の瞳《ひとみ》は輝きを宿し、ヘイルドを見据えている。

獰猛《どうもう》な気配を漂わせているのは彼だけではない。ソニアを庇《かば》うように前に立つクレインもまた、主《あるじ》に煽《あお》られたのか金色の瞳を輝かせていた。

低く聞こえてくるのは唸《うな》り声だろうか。

獣人の脅威を目の当たりにしたからか、ルノア国の者達が僅かにたじろぎ始める。

「確かに俺達は獣だ。……だからこそ、俺達を飼い慣らせるとは思うなよ」

低い声でエドガルドが告げる。

それとほぼ同時に、再び先程の騎士が大広間に姿を現した。奇襲を報告してきた時とは違い、今は随分と落ち着いている。

「全騎士隊出陣しました」

「そうか、報告ご苦労だった。お前も隊に戻れ」

「畏《かしこ》まりました」

報告が終わるや、騎士が戻っていく。

そうして騎士が大広間を去れば、シンと妙な静けさが漂い始めた。

「出陣だと……」と小さく呟かれたのは誰の声か。少なくとも人間側なのだろう。誰もが驚愕《きょうがく》の表情を浮かべている。

それをエドガルドが冷ややかに一瞥《いちべつ》した。まるで「今更だ」とでも言いたげな表情だ。

これにはソニアも目を丸くさせ、どういうことなのかと周囲を見回した。落ち着いた様子のエドガルド、その隣にはコーネリアが座っている。背後に立つ騎士達は目を伏せているが、慌てている様子はない。

対してルノア国側は誰もが顔色を青ざめさせ、なぜだどういうことだと囁《ささや》き合っている。まるで先程の反応が反転したかのようだ。

この変化にソニアはきょろきょろと周囲を見回すしかない。それを見かねたのか、クレインがクルリと振り返って肩を竦めた。

「落ち着けソニア。予《あらかじ》めこうなると踏んでいたんだ」

「で、でも、こうなるって……騎士隊は国境の橋に向かったの？　でもさっきは奇襲って……ルノア国の騎士隊が……。ルイもそこに向かったの？」

「だから落ち着け。騎士隊はルイが率いることになっている。バルテ補佐官が先陣を担っているんだから負けるわけがない」

大丈夫だから、とクレインがソニアを宥めてくる。唸り声は聞こえず、いつもの優しい声だ。その声に諭《さと》され、ソニアは己を落ち着かせるために深く息を吐いた。

バルテがどれほど強いのかは分からないが、クレインが「負けるわけがない」と言うのだから事実なのだろう。

「エドガルド陛下は予め騎士隊を準備させていたんだ。そのうえで奇襲の報告を待っていた」

「待っていたって、なぜ？」

「奇襲の報告を聞き、誰がどう反応するかを見ていたんだ。何も知らなければソニアみたいに動揺するはずだからな」

だがヘイルドを始めルノア国の者達は動揺することなく、驚きの言葉こそ口にしていたが表情は冷ややかだった。言葉すらなく、笑みを隠す者すらいた。わざとらしい演技が鼻につき、思い出しても不快感が募る。

それはつまり、この奇襲を企んでいたのはヘイルドだけに限らず、少なくともこの場にいるルノア国の者達全員ということだ。現に、逆転した今彼らは見て分かるほどに青ざめている。

なるほど、とソニアが小さく呟いた。

奇襲を仕掛けられることを予測し、そのうえで敵味方を判断するために一芝居打ったというわけだ。

となれば先程までの自分の動揺が恥ずかしく思え、誤魔化すようにソニアはクレインを睨みつけた。

「……教えてくれてもよかったのに。私だけ驚いて青ざめて、なんだか恥ずかしいわ」

「ソニアの反応は良い見本になったな。何も知らない奴《やつ》はこういう反応をするのかと分かりやすかった。あの動揺ぶりは演技ではできない、見事なもんだ」

「……もう！　こっちは奇襲と聞いた時に倒れるかと思ったのよ！」

「お前に余計な負担を掛けまいという陛下の気遣いだ。……それと『ソニアは隠し事ができず顔に出るから』という理由もあった」

「そんなの納得いかないわ、クレインとルイは教えてもらっていたのに」

「どういう意味だ？」

「そういう意味よ」

ツンと澄まして答えれば、言わんとしていることは伝わったのかクレインがむぐと口ごもった。不満そうな表情だ。なんて分かりやすい。

そんなやりとりにエドガルドの笑い声が被《かぶ》さった。黄金の獅子《しし》が大口を開けて豪快に笑っている。上機嫌なその笑い声に誰もが彼を見た。

「よもやこれほどうまく事が運ぶとはな。もう少し策を練ってくるかと思っていたが、これでは肩透かしだ」

「エドガルド王、どういうことか……」

「そもそも十日も猶予を与えたのがそちらの間違いだ。十日もあれば準備は充分にできる。奇襲を予測することもできるし、あとはそうだな……人間の国に外交にも行ける」

楽し気な口調のエドガルドの言葉に、ヘイルドが怪訝な表情を浮かべた。

今までオルデネア国の獣人は人間とは交流を控えていた。拒絶とまではいかずとも一線を画し、両者互いに関せずを貫いてきたのだ。

その関係を壊したのが、エドガルドとコーネリアの結婚。……そして。

「貴殿のやり方は目に余る。これはどうやら人間側も同じようだな」

エドガルドが呆れと侮蔑《ぶべつ》を込めた声色でヘイルドに告げる。

彼がわざわざ『人間側も同じ』と話すのは、実際に人間に、それもルノア国以外の人間に同意を得たからだ。

曰く、ヘイルドからの手紙が届いてから今日に至るまで、オルデネア国の重役達は『人間の国』へ自ら赴き外交に努めていたのだという。ソニアが地下で過ごしていた間に、彼らは国境を越え、さらにその先に足を運んでいたのだ。

「今後の交友を約束し、貴国の監視を強化してもらうように伝えておいた。どの国も二つ返事で了承していたが随分と信用がないようだな」

「馬鹿《ばか》な……。なぜ先手を打たれた……」

ヘイルドの声に悔し気な色が混ざり始める。人でありながら唸るような声だ。

だが人の唸り声など獅子にとっては気に掛けるものでもないのだろう、エドガルドはいまだヘイルドをあざ笑うように睨みつけている。

次いで碧色の瞳がソニアへと向けられた。

「ヘイルド王、コーネリアとルイはもちろん、ソニアも既に我が国の国民だ。久方ぶりの再会を求めるのは構わないが、策に巻き込み不要な心労を課すのはやめていただこうか」

「……どういう意味だ」

「よもや貴殿ともあろうものが、その可能性を考えていないわけはないだろう。それとも、ソニアの忠義心が己にあると本当に思っていたのか？」

エドガルドの淡々とした言葉に、ヘイルドの顔が歪《ゆが》む。

ソニアが自分を裏切ったと察したのだろう。目元が引きつり、鋭さを増し始めた。チラと横目に向けられる視線には怒りの色が混じり、今すぐにソニアに手を伸ばし髪を掴みかねないほどだ。

老いてもヘイルドは見目が良く、それでいて無理に若作りをしようとしているため、見た目と煌びやかさと隠しきれぬ老いに妙なちぐはぐ感がある。感情を露《あら》わにすればその違和感は増し、鬼気迫る迫力に拍車を掛ける。

だがその迫力も黄金の獅子にとっては臆《おく》するに値しない。エドガルドは冷ややかな瞳《め》でヘイルドを見据え、それどころか鼻で笑うだけだ。

「確かにヘイルド王の言う通り、ソニアは忠義に厚いメイドだ。コーネリアへの忠義、そして己が仕える王への忠義」

「ほぅ、まだ忠義を抱いていたか」

「何を勘違いしている。ソニアが仕える王は俺だ」

決定打のようにエドガルドが断言する。

その言葉でソニアが自白したことを確信し、ヘイルドがガタと立ち上がった。

誰もが警戒の色を見せ、元より歪《いびつ》に張りつめていた空気が一触即発《いっしょくそくはつ》の色を醸《かも》す。息苦しいほどの空気に敵意すら感じ、肌がピリピリと痺《しび》れるような錯覚さえ覚える。

ヘイルドの鋭い瞳が忌々しいと言いたげに己に向けられ、ソニアは僅かにたじろいた。

だがそれでも臆するだけではいられないと意気込み、弱音を吐きそうになる己を叱咤《しった》して睨み返す。ここで負けてはいけない、そうブローチから解放された胸がそう訴える。

もっとも、いくらソニアが睨んだところでたかがメイドの睨みだ。この男にとって些細《ささい》なものだろう。それでもソニアが睨み返したことにヘイルドが虚を衝《つ》かれたような表情を浮かべた。

僅かにソニアの胸が晴れる。一矢報いてやった気分だ。

と言っても、ソニアが睨み返せたのは自分の前に伸ばされた腕のおかげである。

自分を守るために伸ばされた、逞しい腕。

それがあったからこそ、ソニアはヘイルドを睨み返すことができた。

ならばその腕は誰のものか……。

灰色を基調とした騎士服、袖《そで》からは黒毛に覆われた大きな手が覗《のぞ》く。

クレインだ。彼はヘイルドを警戒しつつ、片腕をソニアを守るように伸ばしてくれた。

「ソニア、お前裏切ったのか」

「裏切るもなにも、私は常にコーネリア様のためにあります」

「馬鹿なメイドだ。うまくやればお前もコーネリアも引き立ててやったというのに。コーネリアの幸せを考えなかったのか？」

「考えました。……考えて、エドガルド陛下にすべてお話ししました」

コーネリアは両親を慕っている。どれほど冷遇を受けても、それでも両親に手紙を書いては返事を待ち望んでいたのだ。

そんなコーネリアを見て、彼女の幸せはルノア国にあると考えていた。ヘイルドの企みを成功させれば、彼女は傷を負う前の『親に大事にされた王女』に戻れるのだ。

「私はオルデネア国を信じています。この国が、国民が、エドガルド陛下が、きっとコーネリア様を幸せにしてくれるって……！」

だからこそすべてを話した。

ソニアが声をあげて訴えれば、ヘイルドの顔が更に歪んだ。目元の皺《しわ》が深くなり、瞳の奥が淀《よど》んでいるように見える。

「馬鹿なメイドだが、お前はコーネリアが拾ってきた時からそうだったな。他のメイド達と違い俺に尻尾を振らない生意気な小娘。最後に役に立てば引き立ててやろうかと思っていたのに」

情けで掛けていた期待が削《そ》がれたとでも言いたいのか、ヘイルドの口調や態度は随分と露骨だ。ソニアのことを無価値な、それこそ路傍に転がっている石ころに対するような視線で見てくる。

だがどれだけ睨まれたとしても、ソニアの心には臆すまいという強い決意があった。

エドガルドが『ソニアはオルデネア国のメイドだ』と告げてくれた。

つまり今のソニアにとって、ヘイルドは『自分が仕える王に仇《あだ》なす、異国の王』でしかない。睨まれたならば敵意で返せばいい。

それに、今も尚《なお》クレインが自分の前に立ってくれている。騎士服に包まれた黒豹の背中。なんて頼り甲斐《がい》があるのだろうか。

「ヘイルド王よ。今回の件、さすがになかったことにとはいかないが、このまま退《ひ》いてくれるのであれば穏便に済まそう」

「……どういう意味だ」

「他国との交渉の際、貴国の今後についても話した。今後大人《おとな》しく国政に励むのであれば近隣諸国も干渉は控えるという。……だが、もしも貴殿が心を入れ替えないのであれば、飼い慣らされるのはそちらになるだろうな」

ヘイルドの野心が潰《つい》えぬのなら、今まで冷戦状態だった近隣諸国がエドガルドの合図のもとに一斉に牙《きば》を剥《む》く。

そう暗に告げるエドガルドの言葉に、ヘイルドを始めルノア国の誰もが顔色を青ざめさせた。

そもそもルノア国は今まで横暴な国政で周囲に敵を作り、だからこそ従順な駒を増やすためオルデネア国を乗っ取ろうとコーネリアを嫁にやったのだ。

周囲が敵だらけという状況を逆手に取られれば、立場の危うさは自分達が誰より分かる。

ソニアとて、もしそうなった場合の近隣諸国の動きは想像できた。彼等からしてみれば確かにオルデネア国の獣人は未知の存在だが、対してヘイルドは『横暴な国政を取る愚王』なのだ。とりわけ未知の存在である獣人達が理知的で人格者なのだから、どちらの手を取るかなど迷うまでもないだろう。

策も、外交も、すべてエドガルドの方が上手《うわて》だったのだ。

はっきりとした勝敗を見せつけ、エドガルドが「だが」と話し出した。

「どのような扱いをしていたとしても、ルノア国は我が妻の母国だ。ソニアから話を聞くまで、コーネリアは貴殿を信頼していた。貴殿の真意がどうであろうと、俺との結婚を『父がくれた良縁』とまで言ったのだ。王としての野心より親心があるのなら、コーネリアの気持ちに応《こた》える気が僅かにでもあるのなら、二度と我が国土を踏まぬと誓い大人しく退け」

そうすれば穏便に事を済ますとエドガルドが告げる。王としての譲歩というより、妻を愛する男としての譲歩なのだろう。

対してヘイルドは意外そうな顔をしたのち、ゆっくりと立ち上がった。その表情はいつの間にかしおらしいものに変わり、「なんて寛大な」と小さく呟いている。

「こんな無礼を許してくれるのか」

「すべてはコーネリアのためだ。だが次はない」

言い切るエドガルドの言葉に、ヘイルドが感謝の言葉を返そうとし……、

「次などあって堪《たま》るか」

小さく呟き、片手を素早くエドガルドへと伸ばした。その手の隙間《すきま》からキラリと何かが光る。

銀色の……鋭利な刃《やいば》だ。

ソニアが小さく声をあげ、エドガルドへと駆け寄った。もはやヘイルドを押さえつける余裕などなく、庇うようにエドガルドへと飛びつく。

だが次の瞬間、ソニアの耳に、

「そうか残念だ。お互い次はないようだ」

という淡々としたエドガルドの声が届き、ブンと風を切る音が続いた。

何かが何かにぶつかる衝撃音。悲鳴とも呻《うめ》きとも言える声。そして少し離れた場所で何かが落ちる。

いったい何かとソニアが恐る恐る様子を窺えば、少し離れた先でヘイルドが倒れているではないか。白目を剥いて痙攣《けいれん》し、ただごとではないと分かる。

手元には短刀が転がっているが、今のヘイルドには手に取る余裕はないだろう。

それを見るエドガルドは今まさに刺されかけていたとは思えず平然としており、まるで一仕事終えたと言いたげに息を吐いた。

「エドガルド陛下……ご、ご無事……ですか？」

「あぁ、大事ない。むしろ物足りないぐらいだ。人間は軽すぎる」

手応《てごた》えがなかったと話すエドガルドに、ソニアは唖然《あぜん》としつつ「それは……なにより……」と答えた。まだうまく事態が呑み込めない。

あの瞬間、エドガルドが刺されると思った。

だからこそ飛びつくようにして庇ったのだ。

だというのに、当のエドガルドは一撃でヘイルドを打ち倒し、そのうえ手応えがないとぼやいている。

これは……とソニアがキョトンと目を丸くさせたままでいると、ふわりと黄金色の手が肩に乗った。

「ソニア、俺を庇ったんだな」

「……いえ、なにも、お役に立てず」

「重要なのは庇おうとする気概だ。……だが、そろそろ離れないとお互い不要な嫉妬を買いかねないぞ」

冗談交じりに告げて、エドガルドがそっと肩を押してくる。

ソニアが「嫉妬」と呟き……ようやく自分がエドガルドに抱きついたままだと気付き、慌てて彼から飛びのいた。庇うため必死だったとは言え、なんて失礼なことをしたのだろうか。

「し、失礼しました。これは、どこか痛めてはおりませんか！」

「気にするな、まだ子猫のほうが勢いがある。それより、不用意に嫉妬されるのが怖いなぁ、とエドガルドが意味深な言葉と共に視線を余所へと向ける。

そこにいるのは、仲間の騎士と共にルノア国の者達を捕らえていたクレインだ。

彼は一瞬にして尻尾をぶわりと膨れ上がらせ「嫉妬なんて！」と声を荒らげた。

「陛下、今はそのような話をしている場合ではありません！」

「俺はお前より毛並みが良いから、ソニアが俺の腕の中を気に入ってしまったら申し訳ないと思ってな」

「エドガルド陛下！　じきに騎士隊が戻ってきます、お戯れはいい加減になさってください！」

クレインが痺れを切らしたように怒鳴る。獣の咆哮《ほうこう》交じりの、なんとも恐ろしい声だ。今日一番の険しさかもしれない。

だが今のソニアには彼を宥める余裕はなく、ポッと赤くなる頬《ほお》をどうにか誤魔化すしかない。せめてと頬を手で押さえて隠していると、横にコーネリアが立った。彼女の手がソニアの手に代わるように頬を押さえ、次いでゆっくりと抱きしめてくる。

「ソニア、もう大丈夫よ……」

「コーネリア様、ご迷惑をお掛けして申し訳ありません……」

「馬鹿ね、迷惑なんて思うわけないじゃない。それに、私の親への未練が貴女《あなた》を縛り付けていたのよ」

謝罪の言葉と共に、コーネリアがぎゅっと強く抱きしめてくる。

自らが親への未練を断ち切れずにいたからこそ、ソニアを悩ませていた。それを他でもないヘイルドの話から察したのだろう、コーネリアが幾度となく謝罪の言葉を口にし、抱きしめる腕に更に力を入れてくる。

「親への未練なんてすぐに捨てれば良かった。私の家族はいつだって私の隣にいてくれたんだもの……」

震える声でコーネリアが告げる。

それを聞き、ソニアもまた彼女の背に腕を回して肩に顔を埋めるようにして抱きついた。コーネリアの温かさが伝わり、不安や恐怖が溶かされ視界を揺るがせる。まだ事態は収束したわけではなく、泣いている場合ではない。そう思えども鼻の奥が痛む。

勝利の報告と共に騎士が飛び込んできたのはまさにその時だ。エドガルドが労《ねぎら》いの言葉と共に報告を受け、それを聞いたコーネリアの手が優しくソニアの背を叩《たた》く。

「さぁ、ソニア。ルイを……私達の家族を迎えに行きましょう」

ねぇ、とコーネリアに促され、ソニアは涙で揺らぐ視界で頷いて返した。


「いやぁ、久々に前線に出たがやはり騎士業は良いものだ。剣を手にすると心どころか体まで若返るな。しばらく外交だなんだと机仕事が多くて肩が凝っていたが良い運動になった」

「そ、そうですか……。バルテ補佐官も、皆さんも、ご無事でなによ……」

「人間の騎士がどう戦うかはルイに教わっていたから、造作もない仕事だった。対して向こうは我々の動き方を知らない。これで勝てぬような者には騎士業は勤まらん」

「そうなんですね、頼もしい。そ、それで今回のことですが……」

「ルイも良い動きをしていたぞ。ルノア国からの奇襲を聞いた時には動揺するかと案じていたが、腹を括《くく》った顔で『ソニアとコーネリア様の未練を断ち切るために戦う』と言っていてな。あれも今回の戦いで成長できただろう」

剣を片手にひたすら喋《しゃべ》るバルテに、ソニアが合間合間に相槌《あいづち》を打つ。

騎士達の活躍によりルノア国の奇襲は無事制圧。負傷者もおらず、まさに無血の勝利と言える。

帰還した騎士の中にルイの姿を見つけたソニアは、思わず感極まって彼に駆け寄り……そして横からサッと現れたバルテに捕まり今に至る。──その瞬間、自らも駆け寄ろうとしていたルイが分かりやすく路線変更し、ソニアを見捨ててコーネリアの元へと向かったのは言うまでもない──

それから今この瞬間まで、バルテはひたすら話し続けている。

時折は部下に指示を出してはいるものの、これが戦場帰りなのかと思えるほどの怒濤《どとう》の喋りだ。

「バ、バルテ補佐官。怪我《けが》をしているようですので、すぐにお医者様のところへ向かっ……」

「いやいや、私はどこにも怪我など。それどころかこの身には剣先すら掠《かす》っていないぞ」

「で、ですがお召し物に……」

「これか？　これは返り血だ。返り血とはいえ受けるとは、どうにも体が鈍《なま》ってしまったようだな。今回の戦いで昔の気概が蘇《よみがえ》ったから、また一から鍛え直すとしようか」

「ランドリールームに……」

「おぉ、そうだな。早い内にランドリールームに行ってシミ抜きを頼まないと、メイド長にどやされてしまう。妻《あれ》は家では愛嬌《あいきょう》があるんだが、どうにも仕事になると厳しさが勝ってしまって。まぁそれも魅力の一つなんだがな」

「急がないとシミに……」

「そうだったな。急いでランドリールームに行くとするか。ではこれで失礼」

「やった！　……じゃなくて、えぇ、行ってらっしゃいませ！　今ならきっとシミ抜きが得意なメイドが控えているはずですから！」

どうぞ！　とソニアがバルテの背を押す。――脳内ではメイド仲間達が悲鳴をあげて逃げまどっているのだが――

そうして去っていく極彩色の羽を見送り、ほっと安堵《あんど》の息を吐き……、

「ルイ！」

と慌てて兄の元へと駆け寄った。

騎士服に身を包んだ彼は、あちこち汚れが目立ち、顔にも疲労の色が見える。怪我も多少はしたのだろう、騎士服はところどころ裂け、頬や腕の傷はいまだ血が滲《にじ》んでいる。

だがソニアが近付くと表情を明るくさせ、感極まるあまりに抱きしめてきた。いつも通りの兄だ。強い抱擁に怪我も大事ないと分かる。

「ルイ、無事でよかった！」

「ソニア、お前も無事で良かった。本当はすべて終わるまでソニアには地下にいてもらう予定だったんだが……。ここにいるってことは、やはり地下を出たんだな」

「ごめんなさい、私どうしても……」

「ソニアの性格を考えればそうなると思ってたよ。やっぱりクレインに託しておいてよかった」

穏やかにルイが話す。それを聞き、ソニアもまた微笑《ほほえ》んで返した。

たとえ血の繋《つな》がりはなくとも、ルイはソニアの兄。共に過ごしてきた時間は誰より長い。ソニアのことはソニア本人よりも分かっている。

だからこそクレインに託したのだと話すルイに、ソニアは自ら抱きつくことで感謝を示した。大きな手がポンと頭に乗り、銀色の髪を優しく撫《な》でてくれる。

それにソニアは安堵を抱き……聞こえてきた怒声にビクリと肩を震わせた。ヘイルドだ。意識を取り戻した彼が金切り声でソニアの名前を口にしている。

裏切り者だと罵《のの し》り、そして周囲にソニアに暗殺を命じていたと声高に告げる。退路がないと知り、道連れにしようとでも考えたのか。

「ソニア、気にするな。今更あいつの話なんて誰も聞きやしない」

「そうね。だけど私も関与していたのは事実だわ……」

「関与していたとはいえ脅されたんだろう？　お前が負うような罪はない」

「……ありがとう、ルイ。だけど、だからこそ、私も決着をつけなくちゃ」

己に言い聞かせるように呟き、ソニアはルイの腕の中からすり抜けてヘイルドのもとへと向かった。

スカートのポケットから取り出すのは、掌《てのひら》ほどの果物ナイフ。刃を覗かせれば背後からソニアを呼ぶルイの声が聞こる。

だが足を止めることなく、果物ナイフを手にヘイルドの前に立った。

自分は捕らわれ手も足も出ない状況だというのに、ヘイルドは睨みつけてくるだけだ。ナイフの刃を見ても臆す気配すらないのは、たかが果物ナイフと侮っているのか、それともソニアにはナイフを振るう度胸がないと思っているのか。

だが事実、ソニアの手は震えていた。

用心のためにと持ってきただけで、この果物ナイフを取り出す予定ではなかった。

(決着をつけなくちゃ……。彼を罰して、私も処断されるのよ……！)

それがせめてもの罪滅ぼしだ。そう自分に言い聞かせ、ソニアは手にしていた果物ナイフをぎゅっと握りしめた。

軽いはずの小さなナイフが重い。

「そんなナイフ如《ごと》きで何をするつもりだ？　たかがメイドが、この俺を殺そうとでも？」

「貴方が今回のことで諦《あきら》めるとは思えないわ。また何か仕掛けてくるに違いない……。だ、だから……」

「『また』か、お前も所詮はその程度か。コーネリアに似て考えが浅い」

「何を……」

何を言っているのか、そう問おうとしたソニアは、ヘイルドの視線が自分に向けられていないことに気付いた。

確かにこちらを見ている。傍目にはきちんと向き合っているように見えるだろう。

だが彼の瞳はソニアをすり抜けている。すり抜けて、その背後に……。

慌ててソニアが振り返れば、そこにはエドガルドとコーネリアの姿。そして……。

「エドガルド陛下、どうか情けを……」

そうエドガルドに縋《すが》るように近付く一人の女の姿。

煌びやかなドレスが翻《ひるがえ》る。年齢に似合わぬ華美な衣服、だが表情は不安そうに歪んでおり、力なくエドガルドに縋れば薄幸な儚《はかな》さを漂わせている。

そんな女に縋られ、エドガルドが小さく息を吐いた。女性相手に強く出る気はないのだろう。

「安心しろ、仮にも妻の母国だ。悪いようにはしない」

「あぁ、なんて情の深い……ありがとうございます……」

女は胸元に両手を添え、祈るように感謝を示している。

その手の中、僅かに空いた隙間から細い鎖が垂れているのを見て、ソニアが眉根《まゆね》を寄せた。

あれは……と目を凝らせば、エドガルドに祈りを捧《ささ》げるように感謝を示していた女が僅かに手を動かす。何も疑問に思わなければ許しを得て感謝と安堵で手が震えているとでも思うだろうか。

だが次の瞬間、キラと一瞬だが赤い光が覗いたのを見てソニアが声をあげた。

「エドガルド陛下！」

跳ねるように駆け出し、エドガルドのもとへと向かう。

彼を庇い、エドガルドへと伸ばされる女の手を掴もうとしたその瞬間……、

「またそうやって私から奪うつもりですか、お母様」

厳しく冷ややかな言葉と共に、女の手を、それより細くしなやかな手が掴んだ。

女の手から真っ赤な石が地に落ち、その隣で細い針が転がる。

「コーネリア様……」

「ソニア、危ないから近付いちゃだめよ」

まるで優しい姉のような声色でコーネリアが告げる。いまだ女の手を掴み上げたまま。

そうして片手で自らベールをめくった。

金の髪が揺れる。今この状況においても穏やかで麗しい顔をしており、ソニアに対して微笑めば目尻《めじり》の傷跡が僅かに歪む。

微笑むコーネリアと、忌々しげに睨みつける女では真逆の顔だ。だがどことなく似通ったものを感じさせる。もしも穏やかに微笑み合って並べば、仲睦《むつ》まじく似通った親子として見えただろう。

「コーネリア様、今『お母様』って……」

「ええ、母親よ。この人が私をどう思っていたかは分からないけれどね……。それよりソニア、貴女なんてものを持っているの。果物ナイフとはいえ刃物《はもの》なんだから、そんな物騒なものを持

ち歩いちゃ駄目よ」

「で、ですが、それより今は……」

「ちゃんとしまいなさい。そもそも、果物ナイフは人を脅すためのものじゃないでしょう？」

「……も、申し訳ありません」

ソニアが言われるままに果物ナイフを鞘《さや》に戻してポケットにしまい直せば、コーネリアが満足そうに頷いた。もはや姉を通り越して母の顔だ。

だが次いで再び顔つきを厳しいものに変えた。その視線が向かうのは、唖然としながらこのやりとりを見ていたルイ。彼と、その隣にいたクレインもぎょっとしている。

「ルイ、騎士なんだからしゃんとしなさい。ソニアが刃物を持っていたことにも気付かないなんて」

「それは……」

「騎士たるもの、いついかなる時も主を守る。そう言っていたのは貴方でしょう？　まったく、いつまで経っても油断する癖が抜けないんだから」

「……す、すみません」

コーネリアに叱責《しっせき》され、ルイが唖然としたまま謝罪する。

隣にいるクレインまでバツが悪そうにしているのは、彼もまた事態は収束したと油断し、エドガルドに近付く女の敵意に気付かなかったからだ。黒毛の耳がペタリと伏せられ、尻尾が足に巻き付いている。

それどころか周囲にいる騎士もそわそわとしており、これではまるで叱《しか》られた子供の集団である。戦場帰りの騎士隊とは思えない。慌てて女の捕縛に取りかかるも、誰もが皆チラとコーネリアを窺っている。種族が様々な獣人だというのに、皆の顔に「これで許してください」と書いてあるから不思議だ。

だがそれでもコーネリアは厳しい顔を緩めることなく、ついには傍らに立つエドガルドを見上げた。

「エドガルド陛下もですよ」

「俺もか？」

一連のやりとりを楽しげに眺めていた獅子の王も、まさか自分にまで矛先が向くとは思わなかったのか、碧色の瞳を丸くさせている。

「相手が女だからと油断しきっていたでしょう」

「言い逃れできんな」

「いざという時の女の執念を甘くみないでください。……ですが、お怪我がなくてよかった」

エドガルドですら叱りつけていたコーネリアが、ふっと小さく息を吐いた。

厳しい顔つきが次第に緩み、眉尻が下がっていく。ついには立っていることすらできなくなったのか、力なくふらつくとエドガルドの腕に支えられた。

まるで張りつめていた糸がふつりと音を立てて切れたかのようだ。

ソニアが恐る恐る彼女へと近付く。もちろん果物ナイフはポケットにしまったまま。

「コーネリア様、お怪我はありませんか?」

「大丈夫よ。緊張しちゃって疲れちゃったみたい」

苦笑を浮かべるコーネリアの顔色はまだ僅かに青いが、それでも若干の余裕は見える。大事はなさそうだと判断し、ソニアは小さく安堵の息を吐いた。

次いで落ちている宝石と針を拾い上げた。真っ赤な石と、細い針。きっと針の先端には毒が塗られているのだろう。

ソニアがヘイルドから渡されていたものと同じだ。だが不思議と以前よりも軽く感じられるのは心境や環境が変わったからだろうか。

それを両の掌に載せてエドガルドへと差し出した。自らのものを差し出した時と同じだ。二つ目だと小さく呟けば自虐的な笑みさえ浮かぶ。

「エドガルド陛下、どうか私もヘイルド王達と同じように罰してください」

「ソニア……。でも貴女は陛下を庇おうとしたわ。ねぇエドガルド陛下、そうでしょう?」

コーネリアが縋るようにエドガルドを見上げる。

それにルイとクレインが続くように加勢した。

「陛下、ソニアは脅されていただけです。どうか我が妹に慈悲を……!」

「そうです。ソニアは今までも献身的に努めていました。ルノア国の王に脅され、それでも陛下とコーネリア王女を守ろうとした気概を認めてやってください」

「俺は今回の戦いで功績をあげました。人間はどう戦うかを教え、ルノア国の隊の動きも読みました。その恩恵でどうかソニアを許してください！」

「俺だって、陛下や補佐官が外交に専念できるよう、城内を取りまとめ、補佐官の仕事を代わりにこなしていました。だからソニアのことを！」

ルイとクレインが交互に自分の働きを訴え、ソニアを許してくれと懇願する。

その勢いといったらなく、ソニアはただ気圧《けお》され呆然《ぼうぜん》とするだけだ。

「二人とも落ち着いて……」と心許《こころもと》ない制止の声を絞り出すが、それが二人に届くわけがない。果てには自分達の功績を実証するためにバルテを呼びに行くと言うのだから、これにはエドガルドも慌てたのか待ったを掛けた。「あいつを呼んだら収拾がつかなくなる」という言葉には居合わせた誰もが無言で頷く。

だがそれを聞いてもクレインとルイは訴えをやめず、ついにエドガルドが盛大な溜息を吐いた。と言ってもそこには嫌悪や怒りの色はなく、むしろ呆《あき》れの色が強い。先程のコーネリアが娘達を叱る母ならば、今のエドガルドは息子達に呆れる父だ。

「お前達、少しは落ち着け。誰がソニアを罰すると言った」

「エドガルド陛下、私は……」

「ソニア、お前もだ。お前が悲痛な声を出すからこいつらが落ち着きをなくす」

「ですが……」

「お前を罰する気はない。だが、そうだな……今回のことを詫びる気があるのなら、これから毎夜仕事をしてもらおう」

「どんな過酷な仕事であろうと、喜んで引き受けます」

エドガルドの提案に、ソニアが間髪入れず返した。

無給奉仕というものだろうか。罪人に働かせて罪を償わせることはルノア国でもあったことだ。

それで多少なりとも罪が許されるのなら。いや、許されなくとも、この国のためになるのなら。そう考えてソニアがエドガルドを見つめれば、彼の瞳がゆっくりと細められた。

獅子らしい顔つきの口元がやんわりと弧を描く。初対面ならば見つめられただけで恐怖を覚えかねないが、今のソニアにはこれが含み笑いだと分かる。

にんまりと、先程の呆れの色もどこへやら。まるで子供が悪戯を思いついたかのような笑みだ。それでいてどことなく妖艶《ようえん》な色を感じさせる。

だがそれが分かれども、なぜ彼が含み笑いをしているかが分からない。

恐る恐る窺うように上目使いでエドガルドを呼べば、彼はにんまりと笑んだまま、傍らに立つコーネリアの腰をグイと抱き寄せた。

「お前に命じる仕事は、コーネリアの案内だ」

「コーネリア様の？」

「あぁ、毎夜コーネリアを俺の寝室に連れてこい」

それがソニアに課す仕事だと告げるエドガルドの言葉に、ソニアはもちろん、コーネリアもきょとんと目を丸くさせた。

夜に寝室に連れていく。その意味とは……と考え、どちらともなくポッと頬を染める。遠回しと見せかけて大胆な発言ではないか。

二人の反応はエドガルドには満足のいくものだったのだろう。楽しそうに笑い、次いでコーネリアを担ぐように抱き上げた。豪快さを感じさせる抱き上げ方だが、獅子の太く逞しい腕は優しくコーネリアに触れている。

コーネリアも驚きこそするが恐怖は感じていないのか、突如抱き上げられたことで目を丸くさせつつもどことなく嬉しそうだ。

「今回は俺が連れていこう」

「まぁ、陛下ってば。まだ処理が残っております」

「それは俺じゃなくてもできる仕事だ。バルテあたりにやらせておけばいい」

「ですが、まだ日も落ちておりませんよ」

「睦言《むつごと》の時間はあればあるほど良い。お前達、後は頼んだぞ」

コーネリアを見つめながら周囲に声を掛け、エドガルドが去っていく。もちろんコーネリアを抱えたまま。

どこへ行くのか聞くのは野暮だろう。制止の声どころか彼等を呼ぶ者すらいない。

残されたソニアは唖然としつつ、それでも去っていく背中を見送った。

「エドガルド陛下は相変わらずだ……」

とは、溜息交じりのルイの言葉。

先程まで熱意的に己の功績を訴えソニアを助けようとしていたのが嘘《うそ》のように落ち着いており、それどころかエドガルドに対してまったくと言いたげな雰囲気さえ漂わせている。

次いで彼はソニアの頭にポンと手を置いてきた。ゆっくりと撫で、穏やかに笑う。その顔は騎士のものではなく兄のものだ。

「毎晩とは大変な仕事だな」

「そうね。なんて大変で……なんて優しい仕事なのかしら」

「となると、誰かさんの夜警の時間も少しずらす必要があるかもな。兄としては『妹に夜ごと近付く不埒《ふらち》な夜警を見張るための夜警』をしたいところだが、当分は忙しくて無理そうだ」

「ル、ルイってば！」

ソニアが慌ててルイの言葉を遮る。

彼が言う『妹に夜ごと近付く不埒な夜警』が誰のことかなど聞くまでもないからだ。

茶化さないでくれと訴えるもルイは笑みを強めるだけで、数度ソニアの頭を撫でると「仕事に戻る」と告げて去っていった。

その去り際にクレインの肩を叩くのはどういう意味だろうか……。まるで託すかのように肩を叩かれたクレインが入れ替わりにソニアの前に立つ。

精悍《せいかん》な黒豹。ソニアが恐る恐る見上げれば、金色の瞳がゆっくりと細められた。黒毛に覆われた大きな手がソニアの頭へと伸び……。

「頭を撫でるのはさっき俺がやったぞ」

「まったくこう言う時に二番煎《せん》じなんぞ情けない。剣技ばかり鍛えて、いざという時の男の見せ方を知らんのか」

再び戻ってきたルイと、そしていつのまにか加わっているバルテの言葉に、ソニアの頭に乗りかけていた彼の手がピタリと止まった。指先があと僅か……と絶妙なところだ。

途端にクレインの顔つきが獰猛な黒豹のものへと変わり、振り返って二人を睨みつける。

「どうして戻ってきた！　ルイ、お前はさっさと隊の仕事に戻れ！」

「その言葉、そっくりお前にも返ってくるからな」

「バルテ補佐官もだ。はやく事態の収拾をしてくれ！」

「自分はいちゃついて老体を働かせるとは非道な。こんな薄情な奴に育つなんて、いったいどこで育て方を間違えたのか。入隊してきた時の純粋なクレインが嘘のようだ」

あれこれと文句を言いつつ、それでもルイとバルテが去っていく。言葉では不満を訴えてはいるものの、その背中がどちらも楽しそうなのは言うまでもない。

そうして彼等が大広間を出ていくのをしっかりと見届け、クレインが溜息を吐いた。随分と大きな溜息に思わずソニアも笑みをこぼしてしまう。

「……なにがおかしい」

「だって、なんだか……。あんなことがあったばかりなのに」

堪《こら》えきれず、ソニアがクスクスと笑い続ける。

だが笑ってしまうのも仕方あるまい。

つい先程までルノア国からの侵略の危機に陥っていたというのに、今やそんな空気は欠片《かけら》もないのだ。

エドガルドは暗殺されかけたことも気に掛けずコーネリアを連れて自室へと向かってしまったし、当のコーネリアも大人しく運ばれていった。ルイとバルテはクレインを冷やかし、他の騎士達も妙に生温かい目をして横目で見てくる。

見ればマリネとレティがこちらへ駆け寄ろうとし……そしてルイとバルテに止められてしまった。四人がコソコソと話し合い、なにやら含み笑いを浮かべている。

先程までの騒動も、そして国境の橋で争いがあったことも、すべて嘘のようだ。

「俺達はそういう性分なんだ。過去にはあまり拘らない」

「そうなの？」

「終わったことをどうこう言っても何にもならないだろう。……だから、ソニアもこれからを考えろ」

クレインがそっと両手でソニアの手に触れる。

大きな彼の手に、ソニアの小さな手は包むように覆われてしまった。

……手の中にある、真っ赤な宝石ごと。

包んだ手を優しく指でさすってくるのは、これを放して渡せと言いたいのだろう。そこでようやく、ソニアは自分が無意識に宝石を握りしめていたことに気付いた。細工の角が手に刺さる。

クレインの手は優しくそれを撫で、まるで解きほぐそうとしているかのようだ。

大きく、暖かく、そして硬めの黒毛が少しくすぐったい。

その感触にソニアの手の力も次第に弱まり、ついには転がるように宝石が手の中から消えていった。片手でそれを受け止めたクレインが、ソニアから遠ざけるように宝石を騎士服のポケットへとしまい込む。

真っ赤な石はもう見えない。

机の引き出しに隠したわけでも、手の中に隠したわけでもない。すべてを話し、受け入れられ、そしてソニアが自ら手放したのだ。

その実感はしみ込むように胸に湧《わ》き上がり、ソニアは頬を伝い落ちる涙を拭《ぬぐ》うのも忘れ、クレインの手を握り返した。

【エピローグ】

冬が近くなり日中でも肌寒さを感じるようになると、一部の獣人達は冬眠という名の長期休暇に入る。彼等は冬の間はゆっくりと眠り、春になると一人また一人と目覚めて復職するというのだから、なんともオルデネア国らしいシステムではないか。

仲の良いメイドが数人「また春にねぇ」「仕事お願いねぇ」と眠たそうに去っていくのを、ソニアは冬眠をしない仲間達と見送った。ちなみに、冬眠をしない仲間達のほとんどは冬毛で通常時の二、三倍ほどに膨れているのだが、これもまた彼等ならではである。

そんな冬のある日中、ソニアは騎士隊の訓練場にいた。

メイド服の上に暖かなケープを羽織り、ベンチに腰かけて騎士達の訓練を眺める。用意した紅茶は既に冷えてしまったが、訓練場からの熱気なのか不思議と寒さは感じられない。

目の前では騎士達が寒さをものともせずに訓練に励んでいる。素人《しろうと》どころか剣を手にしたことのないソニアからしてみれば、訓練と分かっていても肝を冷やしかねない気迫だ。

中でも一際激しいのが。

「やはり体を動かすのは良いな。身も心も若返る。陛下に頼んでまた騎士業に戻していただいても良いかもしれん。妻も剣を手にする姿が素敵だと惚《ほ》れ直してくれてなぁ、まるで初めて出会った時のようだと褒めてくれた」

いつもの調子で喋《しゃべ》りながらも軽やかな動きで剣を振るうバルテと、

「……どうして、喋ってるのに、掠《かす》りすらしない！」

この時期に似合わぬ汗を額に浮かべながら応戦するルイと、

「くそ、せめて一撃……！」

息を荒らげながらルイと共に応戦するクレイン。

彼等から漂う気迫は他《ほか》の非ではない。

もっとも、バルテは相変わらずお喋りで気迫の欠片《かけら》も漂わせていないのだが、それがまた言いしれぬ圧を感じさせる。

なにせバルテが「稽古《けいこ》を付ける」と言い出してルイとクレインを指名してから終始この調子なのだ。二時間ほどは経《た》っただろうか。最初こそ応援していた周囲の騎士達も今では同情の目で見守っている。

獣人ゆえ種族は様々、クレインのように大柄のいかにも厳《いか》つい種族の騎士もいれば、兎《うさぎ》や狐《きつね》といった小柄ながらに勇ましい者もいる。

その誰もが多種多様な瞳《ひとみ》ながら皆一様にその瞳に同情の色を浮かべ、「自分じゃなくて良かった……」と囁《ささや》き合っているのだから面白い。と言っても、当のルイとクレインは面白がるどころではないだろうけれど。

「クレイン、ルイ、頑張ってねー。バルテ補佐官も、無理をなさらない程度に程々に頑張ってくださーい」

「これはこれは可愛《かわい》らしい応援が。いやぁ、やはり声援とはかくあるべきだ。男所帯の騎士隊ではどうもむさ苦しい声か唸《うな》り声しか聞こえなくて華がない。声援と言えば妻も昔はよく訓練所に来てくれて、彼女の声は鈴の音のようでいて誰《だれ》よりも通ったものだ」

「お、応援にさえ喋り返してくる……！」

二人を相手にしながらも喋ってくるバルテに、思わずソニアもたじろいでしまう。これで一撃も食らわず、それどころか息を切らしてもいないのだから相当だ。

（クレインもルイも弱くない、むしろ騎士隊の中でも一位二位を争うほどって聞いたのに……。バルテ補佐官、恐るべし……）

ゴクリと生唾《なまつば》を飲みつつソニアが三人の奮闘を見守る。

そこへ「ソニア」と穏やかな声が掛かった。振り返れば、オフホワイトのワンピースに身を包んだコーネリアの姿。

穏やかに微笑《ほほえ》んでこちらに近付いてくる彼女に、ソニアもまた笑んで迎え入れた。

コーネリアの瞳がまっすぐにソニアを見つめてくる。

まっすぐに、ベール越しではなく。なんて美しいのだろうか。

あの日以降、コーネリアはベールで顔を隠すことをやめた。実の父であるヘイルド、そして元凶である母とも決別したことにより、素顔を人目に晒《さら》す恐怖に打ち勝ったのだ。

「おはようございます、コーネリア様。今紅茶をお持ちいたしますね」

「もう頼んであるから大丈夫よ。それより随分と賑《にぎ》やかだけど、ルイ達は大変そうね」

チラと訓練場を見て事態を察したのか、コーネリアが困ったように笑う。

そんな彼女に、ルイとクレインは息も絶え絶えに挨拶《あいさつ》をし、対してバルテは意気揚々《いきようよう》と挨拶を——もちろん雑談も加えて——するのだから、なんとも言えない。ソニアの瞳にさえ同情の色が宿りそうだ。

他の騎士達も訓練の手を止めてコーネリアに挨拶をしてくる。それを微笑んで受け止め「頑張って」と鼓舞すれば、再び訓練に戻る騎士達には先程以上の英気が漂っていた。王妃に見守られている、声を掛けていただいた、それだけで剣を握る彼等の手に力が宿るのだ。

「そういえば、エドガルド陛下はご一緒ではないんですか？」

ソニアが周囲を見回し、黄金の獅子《しし》の姿を探す。

あの日からコーネリアはエドガルドと寝室を共にしている。就寝までの身支度は以前と変わらずソニアが受け持ち、そして最後に彼女を寝室に送り届けているのだ。

ゆえに朝は二人揃《そろ》って姿を現すことが多い。だが今朝はコーネリアしかおらず、それを問えば彼女は小さく笑みをこぼした。

「今朝ね、私の方が早く起きたのよ」

「ではまだエドガルド陛下はお休みになられているんですか？」

「いえ、もう起きているけど、しばらくは布団の中にいると言っていたわ」

「どこか具合が悪いのでしょうか。お医者様をお呼びしますか？」

「違うのよ。私がね……起こす時にキスをしてしまったから」

クスクスと笑いながらコーネリアが小声で囁くように告げてくる。

今朝は早くに目を覚まし、しばらくは眠る獅子の顔を見つめていたという。そうして彼がゆっくりと目を覚ますのを見計らって、朝の挨拶と共にキスを贈ったらしい。

なんとも甘い話ではないか。だがいかに甘い話とはいえ、いまだ布団にこもるエドガルドには繋《つな》がらない。どういうことかと首を傾《かし》げて問えば、その反応が楽しかったのかコーネリアの笑みが強まった。

「キスをして起こして、それでエドガルド陛下は布団から出られないんですか？」

「ええ、ビックリさせてしまったみたい」

「ビックリ……。尻尾《しっぽ》が膨れてしまったのかしら、それとも逆毛が戻らないとか……」

獅子が驚くとどうなるのか。黒豹《くろひょう》のクレインと同じようなものだろうか。

そんな考えをソニアが巡らせていると、コホンと咳《せき》払いが聞こえてきた。

振り返れば、そこにいるのは一人の男性。年はソニアよりも上、コーネリアと同じか、もしくはそれ以上か。

見るからに柔らかそうな金の髪、切れ長でいて優し気な碧《あお》色の瞳。体は鍛えられており服の上からでも逞《たくま》しさが分かる。四肢は太く、男らしさを凝縮したような男性だ。

獣人ではなく人間。顔の横にある耳もソニア達と同じもので尻尾も羽もない。

見覚えのないその姿に、ソニアはいったい誰かとじっと見つめ……。

「もしかして、エドガルド陛下ですか？」

まさかという声色を隠しきれず尋ねた。

黄金の髪、どことなく漂う威厳、碧色の瞳。なにより当然のようにコーネリアの隣に来て、優しく肩をさする仕草。あと周囲に漂うフェロモン。

それらからエドガルドかと問えば、目の前の男が一度深く頷《うなず》いた。金の髪がふわりと揺れる。

やはりエドガルドだ。

「この姿はあまり晒したくないんだがな」

「そうなんですか？　こんなに素敵なのに」

エドガルドの人型の姿を見つめながらソニアが告げる。人の姿の彼は渋さと気品を漂わせており、コーネリアと並ぶとなんと絵になることか。

だがエドガルドはソニアに褒められても居心地が悪いと言いたげだ。

「陛下、どうなさいました？　……もしやお腹《なか》が空《す》いているんですか？」

「なぜそうなる」

「なぜって、そのお姿ですし。それとも太陽の関係でしょうか」

ソニアが空を見上げる。

澄み切った空に綿のような雲が浮かび、微《かす》かな風が頬《ほお》をくすぐるように吹き抜けていく。冬故に寒くはあるが、それすらも心地よいと感じる晴天だ。

こういう寒い日に「寒い寒い」と訴えながら外で温かな飲み物を飲む、これもまた一興。温かな飲み物が喉《のど》を伝い体を温めていく感覚は冬にしか味わえない。

この晴天がエドガルドの姿を変えてしまったのだろうか。そうソニアが問えば、エドガルドとコーネリアが顔を見合わせた。

「ソニア、それはどういう意味かしら？」

「どういうとは……。今日は晴れていますし、昨夜もちゃんと月は出ていました。でもエドガルド陛下がそのお姿なので、いったい何が原因なのかと思いまして」

「つまり、太陽か月が出ていないと人の姿になると思っているんだな。それと食事を抜くと」

「ええ、そうです。そう言われました」

「「クレインに？」」

コーネリアとエドガルドの二人から同時にクレインの名を出され、ソニアが僅《わず》かに臆《おく》しつつも頷いて返す。

以前にクレインは自身が黒豹から人の姿に変わったことを「食事を抜いたから」と、そして後日には「今夜は月が出ていないから」とも言っていた。

なんとも不思議な話ではないか。だが元より人の姿で生まれて育ち、今生変わる予定もなく変えられる気もしないソニアにとって、そもそも『姿が変わる』こと自体が不思議である。ならば獣人とはそういうものなのだと彼の言うままに納得したのだ。

「もしかして違うのでしょうか……」

ソニアが問えば、コーネリアとエドガルドが再び顔を見合わせた。黄金色の髪を持つ見目麗しい二人が見つめ合う様は絵になるが、今のソニアには見惚れている余裕はない。

だが二人が答えを口にするより先に、「これはエドガルド陛下！」と陽気な声が聞こえてきた。バルテだ。

彼は極彩色の羽をまるで団扇《うちわ》のようにして己を扇《あお》いでいるが、別段疲れている様子はない。それどころかエドガルドの姿を見て大袈裟《おおげさ》に「これはこれは」と声をあげた。

「いやぁ、エドガルド陛下のそのお姿を見られるとは！　なんともよろしいことで！」

「……そうだな。ところで訓練の方は」

「コーネリア様と揃いの髪色で仲睦《むつ》まじさに拍車が掛かる。私の極彩色の羽もお二人の前では霞《かす》んでしまいそうですな」

「……訓練の」

「しかしさすがのエドガルド陛下もそのお姿になるとは、まだまだお若い」

上機嫌で話すバルテに、さすがのエドガルドも口を挟めずにいる。

そうしてついには盛大な咳払いをし、それだけでは足りないと唸り声まであげ始めた。渋さを感じさせる大柄の男が唸る様はなんとも言えぬ迫力がある。もちろんバルテに効くわけがないのだが。

「おやおや、これは恐ろしい。陛下のお怒りを買ってしまいましたな。では老体はここで失礼いたしましょうか」

楽しそうに笑いながらバルテが去っていく。その背中をソニアは「この国で一番強いのはもしかして……」という思いで見送った。

だがもちろんそれを口にするわけにはいかない。口にすれば戻ってくるに決まっている。

だからこそ話題を変えようとソニアはエドガルドへと向き直り……にんまりと笑う彼の笑みに頭上に疑問符を浮かべた。

「陛下、どうなさいました？」

「どうやらソニアは勘違いをしているようだからな。それを正してやらねばなるまい」

「勘違い……。オルデネア国の方々が人の姿になることについてでしょうか？」

ソニアが首を傾げながら問えば、エドガルドが頷いて返した。

彼の隣ではコーネリアがクスクスと品良く笑いながら寄り添い、汗を拭《ぬぐ》っていたルイは初耳らしく「人の姿になるとは不思議だな」と驚いている。どういうわけかクレインだけはあたふたと落ち着きをなくし、縋《すが》るようにエドガルドを呼び始めた。

「へ、陛下、それは後日改めて……」

「しかし『食事を抜いているから人の姿になる』だの『月が出ていないから人の姿になる』だのと、よくこんな分かりやすいでたらめを言えたもんだ」

「それは……その……」

楽しそうに詰め寄るエドガルドに対して、クレインはしどろもどろだ。

まったく話の分からないソニアは助け船を出すこともできず、「でたらめ？」と、今度は反対側に首を傾げた。

今までクレインから聞かされていた獣人が人の姿になる理由は、どうやら全くのでたらめだったらしい。

どうして？

なんで？

本当の理由は？

次から次へと疑問が溢《あふ》れ、ソニアがエドガルドとクレインを交互に見やる。片や人の姿のエドガルド、片や黒豹の姿のクレイン。理由を知らずに今の姿だけを見れば、二人ともがオルデネア国の獣人とは思うまい。

そんなソニアの頭上に飛び交う疑問符を見かねたのか、エドガルドがニヤリと笑みを浮かべてソニアを呼んだ。低く落ち着きのある優しい声。だがどことなく楽しそうなのは気のせいではないだろう。

「いいかソニア、今の俺《おれ》は人の姿をしているだろう」

「はい、獅子の時もですが、今もとても素敵なお姿です」

「姿が変わった理由はなぜだと思う？」

「食事を抜いたからでも、太陽のせいでもないんですよね？　そういえば先程コーネリア様が陛下を驚かせてしまったと言っていました。……もしかして、コーネリア様が陛下にキスをしたからですか？」

考えを巡らせながらソニアが答えれば、エドガルドがゆっくりと頷いた。

次いで優しくコーネリアを抱き寄せる。身を寄せ愛《いと》おしそうに瞳を細める姿は、人の姿でありながらもどことなく猫科の面影を感じさせる。

「あぁ、そうだ。いつもは俺がキスをして起こすんだが、今朝は俺がやられてな。不意を突かれてこの姿になって今でも戻らん」

「キスをしたから人の姿に？」

「あぁ、相手の姿になった」

「相手……キスをしたら……」

それって……とソニアが頭の中で言われたことを整理しつつ、チラとクレインを横目に見た。

エドガルドはコーネリアにキスをされて人の姿になったという。ならば……。

（つまりクレインも誰かとキスをして人の姿に……。それも何度もキスをするような相手がいるってこと……？）

不安と同時にチクリと胸が痛み、ソニアの眉尻《まゆじり》が下がる。

それを察してか、クレインが慌てて「違う！」と声を荒らげた。

「違う、勘違いするな！　そうじゃなくて……！」

「いいのよ、クレイン。気にしないで。貴方《あなた》にもそういう人がいるのね……。こ、今度紹介してね！」

痛む胸を押さえつつ、ソニアが気丈に振る舞う。僅かに声が上擦ってしまうのは仕方あるまい。

だがそれに対してもクレインは「違う！」と必死に訴え、次いでエドガルドを睨《にら》みつけた。

「陛下、話をややこしくしないでください！」

「正直に話さないお前が悪い」

「ぐぅ……！」

痛いところを突かれたと言いたげにクレインが唸る。

だが覚悟を決めたのか、深く息を吐くと横目でソニアの様子を窺《うかが》ってきた。金色の熱意的な瞳に、痛みを訴えていたソニアの胸がドキリと跳ねる。

「俺からきちんと話をします……」

「そうか。なら茶化した詫《わ》びに人払いはしてやろう」

「……茶化した自覚はあるんですね」

「ある。おおいに楽しかった。お前に構うバルテの気持ちがよく分かった」

楽しそうに話し、エドガルドがコーネリアを連れて去っていく。ふわりと金の髪を揺らし歩く姿はなんとも美しい。騎士達に一声掛ければ、事態を察したのか訓練も一時中断されて一人また一人と去っていく。

残されたのは、クレインとソニア、それとルイ。

「まぁ、ここまでくれば大方のことは分かるな」

とは、去っていったコーネリア達の後ろ姿を見つめるルイ。

どうやら彼は一連のやりとりで事態を把握したらしく、うんうんと頷いている。対してソニアはいまだ何一つ分からず、疑問は増えていくばかりだ。

だが答えを求めてルイを見つめるも、彼はニヤリと悪戯《いたずら》げな笑みを浮かべるだけである。褐色の肌に灯《とも》るような赤銅《しゃくどう》色の瞳が細められる。

これは教える気のない顔だ。妹だからこそそれが分かり、ソニアが顔をしかめた。

「俺は理解したが、ソニアはまだのようだな。クレイン、忠告しておくがソニアはかなり鈍いからな。しかも鈍い上に勘違いしやすい」

「ルイ、失礼なことを言わないでちょうだい」

「ならソニアは一連の話を聞いて理解できたのか？」

「……で、できたわ」

唇を尖《とが》らせつつソニアが答える。もちろん理解などできていないのだが。

それでもとクレインとルイを交互に見やり、今までの会話を頭の中で順序立てていく。

（エドガルド陛下は、キスをしたから相手の姿になるって言っていたわ。つまり、クレインもキスをした。相手の姿になるということは、人間とキスをしたってことよね……）

つまり……と考えを巡らせ、ソニアは浮かんだ考えに息を呑《の》んだ。

「それって、人の姿になる相手って……まさかクレイン、貴方、ルイとっ……！」

言いかけたソニアの口を、黒毛に覆われた逞しい手が覆う。

クレインの手である。見れば彼は黒豹の状態でも分かるほどげんなりとした顔をしており、ルイに至っては額に手を当てて呆《あき》れ果てている。

「……だから言っただろ、我が妹ながらもの凄《すご》い勘違いだ」

「これは恐ろしい……。はっきりすべて、一から十まできちんと説明する必要があるな……」

「あぁ、きちんと全部話してやってくれ」

溜息《ためいき》交じりに話し、ルイがクレインの肩をポンと叩いて去っていった。

赤銅色の髪を風に揺らし、仲間を追うように小走り目に駆けていく。その姿は堂々としており、ソニアは目を細めつつ彼を見送った。

ルイは最近「コーネリア様に負けていられない」と剣を手放せない自信の弱さに向き合うようになり、先日は「女性のエスコートに剣を下げたままは粋《いき》じゃない」と短時間だが剣を置いてソニアと買い物に出かけた。

彼の心の枷《かせ》が外れるのもそう遠くないだろう。主《あるじ》を守れなかったルノア国の騎士ではなく、オルデネア国の一人の騎士として、剣を手にし、そして剣を手放すのだ。

(いつか、あの日のことも『過ぎた日のこと』だと話せるようになるのかしら)

小さくなっていくルイの背を眺め、自分達の世界が一転した日を思い出す。もう随分と昔のことのようではないか。思い出しても僅かに胸が痛むだけだ。

オルデネア国に来て、様々な種族の者達に受け入れられ、そして先日の一件を経て、昔の哀れな記憶など霞んでしまった。

(それもクレインのおかげね。……でも、口を塞《ふさ》がれたままじゃ感謝もできないわ)

いまだ自分の口を覆うクレインの手を叩く。少し硬い黒毛の感触はくすぐったい。

自分が勘違いをした――それもかなり突拍子もない勘違いをした――というのは理解できた。

だからこそ、「もう変なことは言わないわ」という訴えである。

それに対してクレインは念を押すように一度ソニアを見つめ、ゆっくりと手を放し……。

今度はソニアの目元を手で覆ってきた。

少し硬い黒豹の毛が目元に触れる。右目だけヒヤリと硬い感触がするのは、これは肉球だろうか。

口を塞がれたかと思ったら今度は視界を奪われ、ソニアの眉間《みけん》に皺《しわ》が寄る。もっとも、いくら眉間に皺を寄せてもそれすらもクレインの手の下なのだが。

「クレイン、これじゃ見えないわ」

ねぇねぇと声を掛けつつ再び彼の手を叩く。

なんて大きな手だろうか。片手なのに目元どころか顔の上半分を覆われてしまう。これで爪《つめ》を立てられたらどうなるか……。と一瞬浮かんだ恐ろしい想像は思考の隅に追いやっておく。

だが叩いても訴えてもクレインの手が退《ど》く様子はなく、それどころかソニアの目元を覆ったまま「俺達は……」と話し出してしまった。

「俺達は相手の姿に変わるが、それは……その……キ、キスをしたからじゃない」

「キスが原因じゃないの？　それなら、私達みたいな人間以外にもなるの？　たとえば兎とか猫とか、そういう姿にもなれるの？」

矢継ぎ早にソニアが質問すれば、クレインが一言「そうだ」と答えた。

なんとも獣人とは不思議なものではないか。ソニアが覆われ真っ暗になった視界で兎や猫の姿になったクレインを想像する。元が黒豹なので猫はなんとなく想像がつくが兎は難しい。

「確かに俺達は相手次第で猫にでも兎にでもなれる。……だけど俺は人間以外にはなれない」

「なれないの？　どうして？」

「ソニアに出会ったからだ。だから俺は人の姿になったし、これから先、人の姿以外にはならない」

「私に……どういうこと……？」

クレインの言葉にソニアが疑問を口にする。だがその声が上擦ってしまうのは、彼の声と話に胸が高鳴って落ち着かないからだ。

いまだに話の意図は掴《つか》めない。それどころか疑問は増すばかりだ。

だがどうしてか鼓動が早鐘を打って落ち着かない。顔が熱い。頬が赤くなっているかもしれないと考えれば、いっそ顔面すべて手で覆ってほしくなる。

（エドガルド陛下はコーネリア様にキスをされたから人の姿になったと言っていたわ。でもキス自体は原因じゃない。それならどうして……）

考えれば考えるほど鼓動が速まっていく。体の中で鼓動が響き、目元を覆っているクレインの手にまで伝わってしまわないか不安になるほどだ。

その手がピクリと揺らいだ。

目元に触れる少し硬い毛の感触が、肉球の感触が、まるでサァと引く波のように薄れていく。

代わりに触れるのは……人の肌だろうか。

「クレイン、人の姿になったの？　どうして？　わけが分からなくて混乱しそうだわ」

「……だから、だ」

「なに？」

「好きだから、だ」

ポツリと呟《つぶや》かれた言葉に、ソニアが息を呑む。

ゆっくりと目元を覆う手が放れていき、そっと目を開ければ目の前には見慣れた青年の姿。黒豹ではない。だがクレインだ。

黒い髪が吹き抜ける風に揺れ、金色の瞳は気恥ずかしそうにそらされる。男らしく勇ましい顔つき。だけど今は見て分かるほどに真っ赤だ。

「好きって……」

「俺達は相手への想いが高まると姿が変わる。愛おしくて、触れたくて、相手と同じ姿になるんだ」

熱意的に語るクレインの言葉に、ソニアはなにも言えずにいた。

返事をすべきだとは分かるのに声が出ない。彼の言葉が耳に入って心音を速める。聞こえてくるのは体の内で響く自分の鼓動と、クレインの声のみ。

名前を呼ぼうにも唇が動くだけで、せめてと早鐘を打つ心臓を落ち着かせるためにぎゅっと胸元を掴んだ。体が熱い。今もしもあの真っ赤なブローチをつけていたとしても、きっとこの熱で溶けてしまっただろう。

「だから俺は人の姿になった。別の奴《やつ》がいる場所ならなんとか抑えられるが、二人きりになると愛しさが抑えきれない。気付けばソニアと同じ人の姿になってるんだ」

「だからいつも夜に人の姿で……」

「そうだ。ソニアの部屋の明かりが点《つ》いているのを見ると、嬉《うれ》しくて堪《たま》らなくて、俺を待ってくれていると思えば愛おしさが抑えられなくなる。どれだけ自分に落ち着けと言い聞かせても、部屋まで上ろうと壁に手を掛けるその手はソニアと同じ人間の手なんだ」

まっすぐに見つめながらクレインが訴えてくる。

金色の瞳。見つめてくるその瞳も、訴えるように告げてくる唇も、手足も、体も、すべて人間と同じだ。

その手がゆっくりとソニアへと伸ばされた。頬に触れる直前で躊躇《ためら》うように止まる。触れて良いものか分からずにいるのだろう。

なんてもどかしい……。

「ソニアが応《こた》えてくれるなら、二度と黒豹の姿に戻らなくても良い」

「クレイン……」

「好きだ、ソニア」

飾ることも誤魔化すこともなく、まっすぐな言葉で告げてくる。

その言葉を受け、ソニアは胸元を掴んでいた手をそっと解いた。鼓動が体中に響き、指先が微かに震える。自分の手なのにうまく動かない。

震える手で、頬に触れかけていたクレインの手を握る。自ら頬を擦り寄せればまるで熱が灯ったかのように熱い。この熱は自分の手の熱か、クレインの手の熱か、それとも両方か……。

「嬉しい。クレイン、私も貴方のことが好きよ」

「本当か？」

「えぇ。私も豹になりそうなくらい」

彼の手に頬を添え、うっとりと微睡《まどろ》んだ口調で告げる。

ソニアの胸はいまや嬉しさと愛おしさで満ち溢れ、熱く高鳴ったかと思えば幸福感が緩やかに広がる。締め付けられるほどに愛が沸き、溶けそうなほどに幸せ。それでいてもっと触れたいとも思ってしまうのだから、なんて落ち着きがないのだろうか。

この感情を抑えられるわけがない。その結果、姿が変わってしまうというのなら納得だ。ソニアが自分の手を確認した。もしも今この手が毛に覆われたものであっても慌てはしないだろう。

幸せだとソニアが小さく呟けば、クレインの片手がそっと背中に回された。今までは頬に触れるだけだった手も、上を向くように誘ってくる。

彼が何を望んでいるのか、それを察してソニアの胸がより高鳴った。

金色の瞳がじっと見つめてくる。その瞳に見惚れていると、ゆっくりと顔を寄せられ……、

「い、いいか……？」

と、許可を求められた。

目を閉じようとしていたソニアが、虚を衝《つ》かれてパチンと瞬きをする。

「いいかって……もう、そんなこと聞かないでよ！」

「す、すまない。だがその、こういうことはどうにも慣れていなくて……」

しどろもどろにクレインが説明する。

そうして意を決すると、再びじっとソニアを見つめてきた。これではまるで仕切り直しではないか。

恥ずかしさのあまりソニアがふいとそっぽを向けば、クレインが小さく笑って頬を撫《な》でてきた。その手が再び自分の方へ向けようとしてくる。これに抗《あらが》えるわけがない。

「俺達は相手への愛しさで姿が変わる。だがそれを知っていても、自分に置き換えて考えられなかった。姿を変える必要性を感じられなかったんだ」

「必要性？」

「あぁ、だが今なら分かる。相手に合わせた姿の方が受け入れてもらえるし、触れやすい。だから俺達は姿を変えるし、自然と姿が変わってしまうんだ」

「触れやすい……？」

「黒豹の時より、この姿の方がキスがしやすいだろう」

そう告げて、ゆっくりとクレインが顔を寄せてきた。金色の瞳が細められる。

彼の言葉に、熱意的な瞳に、そして背に回された手が強く抱き寄せてくることに、すべてに心臓が跳ね上がる。もはや返事をする余裕はないとソニアはギュッと目を瞑《つむ》った。むしろ目を瞑ることが返事である。

そうして僅かに待てば、唇に温かなものが触れた。

キスをしているのだ。

それを自覚すれば恥ずかしさが増して呼吸の仕方が分からなくなる。思わず息を止め、クレインの唇が離れていくとようやくプハと息を吐き出した。

「息を止めてたのか？」

「……そうよ。私だって、恋人同士がキスをするとは知っていても、自分に置き換えて考えることなんてできなかったんだから」

暗に『初めてで不慣れなのよ』と訴えれば、クレインがくつくつと笑った。

自分だって先程キスの許可を求めてきたくせに、ソニアの初心《うぶ》さを笑うとは失礼な話ではないか。

だが今それを言及する気にもなれず、ソニアはそっと自分の唇に指で触れた。柔らかく、温かくて、なんて幸せなキスだったのだろうか。

「ねぇクレイン、確かに人間の姿だとキスはしやすいわ。だから貴方もその姿になったのね。……でも」

「でも、どうした？」

「いつもの黒豹の時のクレインだって、同じクレインでしょう？　それなら私……黒豹の姿の貴方からもキスをしてほしいわ」

頬を染めながらソニアが告げる。我ながら大胆な発言ではないか。

ここにコーネリア達がいれば「まぁ、ソニアってば大人《おとな》になって」と笑い、ルイは「妹が一気に成長した……！」と嘆くだろう。エドガルドは茶化そうと意地悪に笑い、バルテが「これはこれは」と喋りだし、メイド仲間達が黄色い声をあげる姿まで想像できる。

そんな賑やかさを思い描きながら、ソニアは「だめ？」とクレインを見上げた。

こんなことを強請《ねだ》るなんて恥ずかしい。

……だが先程のキスで胸に湧いた愛おしさや嬉しさは、恥ずかしさより勝る。

獣人が愛おしさで姿が変わると言うのなら、きっと人間は愛おしさで大胆になるのだ。

そうソニアが告げれば、クレインは耐えられないと言いたげにふいとそっぽを向いてしまった。顔は真っ赤で、もしも尻尾があったならさぞや忙《せわ》しなく揺れていただろう。

「ねぇ、クレイン？　ダメかしら」

「……頼むから困らせないでくれ」

小さく呟き、クレインが再びグイと抱き寄せてきた。

今度は先程よりも少し強引に、ソニアの唇に彼の唇が触れる。まるで口を塞ぐかのようだ。

思わずソニアが目を丸くさせた。これでは息を止めるどころか目を瞑る余裕すらない。

「ソニアのことが好きで、応えてもらえたことが嬉しくて、黒豹に戻れる気がしない。当分はこっちで我慢してくれ」

一度離れ、かと思えば再びキスをしてくるクレインに、ソニアは穏やかに笑い、返事の代わりに彼の背中に腕を回した。


彼の背中に腕を回してキスをすれば、尻尾がクルリと手に巻き付いてくる。

そんなことを知るのは、もう少し先のことである。

あとがき

はじめましての方もお久しぶりな方も、こんにちは、さきです。

このたびは『王女付きメイドと黒豹騎士』をお手に取っていただき、ありがとうございます。

たった三人で身を寄せ合って生きていたソニア達が、獣人の国でもふもふと絆される物語、いかがでしたでしょうか？　楽しんで頂けたら幸いです。


ソニアとクレインは焦れるような進展を、そんな二人の横でコーネリアとエドガルドは着実に進展を……と、二組のカップルを同時に書くのはとても楽しかったです。

特にエドガルドは最初からコーネリアに対して積極的で、彼が出るたびに「これはヒーローが持つべき積極性では……」と思いながら書いていました。さすが獅子王です。

そんな二組のカップルも書いていて楽しかったのですが、ソニアと周囲のキャラクター達のやりとりも楽しく書けました。

ソニアとルイは気が置けないやりとりを目指しました。しっかり者の妹と、そんな妹に強く出られない兄。そしてそれを見守るコーネリアは二人にとって姉のような存在。

ですが、ソニアとルイは兄妹でありつつ「自分達だけで主人を守ろう」と誓い合う同志であり、ルイが抱える傷をソニアは知っていて癒せずにいます。姉のようなコーネリアは二人にとって絶対的な主人でもあり、そしてコーネリアも二人を大事に思いながらも両親への未練を抱いている……。

今までの三人の関係は、どこか歪で閉鎖的でした。

それが政略結婚だったはずの嫁入りで、獣人に囲まれて一気に世界が開けます。

お話はソニアを中心に描きましたが、コーネリアもルイも、ソニアと同様に世界が開かれ抱えた傷を癒されていきます。彼等の変化も、見守るように読み進めて頂けていたら嬉しいです。

獣人達については、私の趣味全開で書かせて頂きました。

もふもふ具合も大事ですが、やはり尻尾と耳の描写は欠かせない……！　という私の拘りから、ソニアがやたらとクレインの尻尾と耳に注目しています。あとクレインの黒毛が少し硬いのも私の趣味です。柔らかなふかふかも良いのですが、ちょっとごわっとしたのも好きです。

イラストを担当してくださった涼河マコト様。
素敵なイラストをありがとうございます！　カバーのソニアが可愛らしく、クレインは黒豹も人型の横顔も格好よく、二人並ぶ姿がとても微笑ましく素敵です。ピンナップの美しい絵を見た瞬間の感動は忘れられません。

ここまで導いてくださった担当様。
設定やストーリー等、ご相談にのってくださってありがとうございます。打ち合わせしつつも趣味の話に脱線するお電話、いつも楽しませて頂いています。

この本に関わってくださった多くの方々、ありがとうございます。

そしてなにより、この本を手に取ってくださった皆様。
本当にありがとうございました！

さき

王女《おうじょ》付《つ》きメイドと黒豹《くろひょう》騎士《きし》
王女《おうじょ》の嫁入《よめい》りに同行《どうこう》したら獣人騎士《じゅうじんきし》に出会《であ》いました

2020年 3 月 1 日　初版発行

著　者■さき
発行者■野内雅宏
発行所■株式会社一迅社
〒160-0022
東京都新宿区新宿3-1-13
京王新宿追分ビル5F
電話03-5312-7432（編集）
電話03-5312-6150（販売）
発売元：株式会社講談社
（講談社・一迅社）

印刷所・製本■大日本印刷株式会社
ＤＴＰ■株式会社三協美術

装　幀■小沼早苗（Gibbon）

ISBN978-4-7580-9232-6

この本を読んでのご意見
ご感想などをお寄せください。

おたよりの宛て先

〒160-0022
東京都新宿区新宿3-1-13
京王新宿追分ビル5F
株式会社一迅社　ノベル編集部
さき 先生・涼河《すずかわ》マコト 先生

IRIS ICHIJINSHA 一迅社文庫アイリス

死にたがり令嬢、訳あって騎士たちと竜退治に出発⁉

『死にたがり薬学令嬢
～毒草は食べてはいけません！～』

死にたがりと噂の『薬学令嬢』フィーネのもとに騎士のカミルが訪ねてくる。彼は自分の出世のために、出会った者の記憶の一部を奪う竜の退治に共に出かけてほしいとフィーネを誘ってきて……⁉　竜の住処には毒草が密集して近づけない？　王子様率いる王宮の騎士隊に同行して竜退治なんて、私には重責すぎませんか⁉　隙あらば毒草を口にして死にたがる令嬢と相棒の猫（竜？）＆騎士のドラゴンラブ★

著者・さき
イラスト：煮たか

IRIS ICHIJINSHA 一迅社文庫アイリス

大食らいな少女と食事嫌いな王子の王宮美食ラブ！

『悪食令嬢の贅沢な恋 王太子殿下の美味しい毒味役』

毒も薬も効かない、なんでも食べる悪食として有名な伯爵令嬢リヴィア。彼女の元にある日、王城で働いている姉から一緒に働かないかという手紙が！　王都の美食に憧れるリヴィアは喜んで向かったのだけれど……。王城での仕事は、食事嫌いな王太子シオンの毒味役というもので⁉　なにそれ！　最高じゃないですか‼　王宮美食が堪能できるなら、毒入りでも大歓迎です！

著者・瀬川月菜

イラスト：すがはら竜

IRIS ICHIJINSHA 一迅社文庫アイリス

呪い持ちの引きこもり姫と骸骨王のラブファンタジー！

『骸骨王と恋するいばら姫 引きこもりの私に暗殺命令が出ました！』

百年をかけ一つの国を滅ぼした死の王。芽吹きの国の塔の姫イベリスは、その進行を止めるため雪に閉ざされた冬の王国を訪れた。しかし、早々に侍女とはぐれて遭難し、骸骨姿の化け物に拾われてしまう。生け贄として彼に美味しく食べてもらおうとするけれど…。「私を召し上がってください。食べ頃です！」「さっさと出ていけ」骸骨王と奇妙な共同生活をはじめたイベリスは、やがて「冬の王国」の閉ざされた過去へと迷い込んで…？

著者・梨沙
イラスト：條《えだ》